D1518747

DOCE CUENTOS NEGROS Y VIOLENTOS

Narrativa No. 12

mimalapalabra editores

Doce cuentos negros y violentos

Samuel Trigueros / Javier Suazo Mejía / Cristian Rodríguez
Giovanni Rodríguez / Felipe Rivera Burgos / Xavier Panchamé
Raúl López Lemus / Mario Gallardo / Darío Cálix
J. J. Bueso / Manuel Ayes / Dennis Arita

Doce cuentos negros y violentos

Primera edición
© Samuel Trigueros, Javier Suazo Mejía, Cristian Rodríguez,
Giovanni Rodríguez, Felipe Rivera Burgos, Xavier Panchamé,
Raúl López Lemus, Mario Gallardo, Darío Cálix,
J. J. Bueso, Manuel Ayes, Dennis Arita
© mimalapalabra editores, San Pedro Sula, Honduras, 2020

Diseño de cubierta y diagramación: mimalapalabra editores
Imagen de la cubierta: Elmerivanh, a partir de una imagen de Canva

ISBN: 9798578569142

ÍNDICE

NOTA PRELIMINAR

Que Honduras es un país violento, no hay duda. Que un país violento como Honduras debe tener, forzosamente, autores de ficción que escriban sobre la violencia, no lo sabemos. O al menos no lo sabíamos cuando se nos ocurrió la idea de este libro.

Se han escrito aquí algunos cuentos que bien podrían dejarse colgar esa etiqueta de "violentos" para conformar otra antología. "La mejor limosna", de Froylán Turcios; "Balas cruceadas", de Eliseo Pérez Cadalso; "Después del Iscariote", de Roberto Castillo, son ejemplo de ello. Parecía fácil inferir que, siendo un país violento, a Honduras no debían faltarle nuevos autores que incorporaran ese tema en sus ficciones, pero sucede que el nuestro -en términos de estudios literarios- es, más bien, terreno fértil para la incertidumbre y los equívocos, y hasta ahora nadie ha registrado esa posible relación entre la literatura y la violencia. Así que el silogismo no estaba del todo claro.

Sin embargo, después de repasar el panorama, comprobamos que Honduras tiene entre sus autores actuales algo de eso a lo que podríamos llamar "ficción violenta". Incluso más: que en la narrativa hondureña actual la "ficción violenta" parece constituir la nota predominante.

Este libro, que reúne a doce autores hondureños contemporáneos, contiene igual número de cuentos con el denominador común del tema de la violencia. En la mayoría de ellos, además, aparecen algunos de los elementos propios del género negro: el crimen, el investigador, el criminal, la víctima, los ambientes oscuros, la corrupción y el mal, sin que eso los haga merecer, necesariamente, la etiqueta de "relatos negros". Se trata de una docena de cuentos entre "negros y violentos", pero podrían ser más. No pretendemos con este libro dictar sentencia respecto a quiénes y cuántos son los que escriben ficción en Honduras con el tema de la violencia y con los tópicos del relato negro, sino tan sólo contribuir a despejar el camino hacia la observación de esta tendencia en la literatura hondureña.

La mayoría de estos autores tiene ya un amplio recorrido, con libros publicados en varios géneros, pero también hay unos cuantos con su hoja de vida literaria casi en blanco. Un par de ellos viven fuera de Honduras, dos más en Tegucigalpa, uno en El Progreso y el resto en San Pedro Sula. Tienen orígenes distintos y pertenecen a generaciones distintas. Es obvio que también tienen estilos distintos. Unos y otros, sin embargo, se reúnen aquí, como los "Perros de reserva" de Tarantino, para propiciar una discusión, quizá hasta disparos mediante, acerca de lo que mencionamos al principio o tan sólo para mostrar un poco una de las direcciones que toma la ficción hondureña en la actualidad.

Quedan, entonces, amables lectores, en este inicio del camino de la ficción violenta en un país oscuro llamado Honduras.

SAMUEL TRIGUEROS
(Tegucigalpa, 1967)

Es, además de escritor, editor de textos, actor y director de teatro. Su obra aparece en algunas antologías hondureñas y extranjeras y ha merecido varios premios, como el "Víctor Hugo" de poesía en 2003, el "Mirando al Sur" en 2009 y el "Acercando Orillas" en 2018 en Zaragoza, España, donde actualmente reside. Su primer libro, *El trapecista de adobe y de neón* (1992), combinaba la narrativa, la poesía y la ilustración. Luego aparecieron, en poesía, *Animal de ritos* (2006), *Antes de la explosión* (2009), *Exhumaciones* (2014) y *Una canción lejana* (2020); y en narrativa, *Me iré nunca* (2009), *Una despedida* (2016) y *Retrato con una gota de ámbar* (2018). Su cuento en este volumen, "El mundo es hermoso", estaba inédito hasta ahora y en él se narra una parte de la vida de un sicario y la persecución de que es objeto después de su último crimen.

EL MUNDO ES HERMOSO
Samuel Trigueros

—No importa. Valió la pena.

Después las llamas comenzaron su trabajo, mientras los hombres no terminaban de entender la frase (y quizá nunca lo harían) y los perros ladraban enloquecidos alrededor del fuego.

Desde antes de llegar al billar viene recordando.

El recién nacido abre el pico. Berrea. El grito se prolonga. Abre los ojos y llora. El mundo está patas arriba. Tico fuma mientras observa la operación. El mundo está en su sitio. La mano de la partera atrás de la nuca del crío, otra en la breve espalda. La habitación gira. Frunce el entrecejo y se calla. Abre la boca. Parece saborear el aire. Parece un cachorro, un animalito, piensa Tico. El nombre lo escogió Lucy, su madre. Wilfredo nace.

El billar está cerca. Camina sin prisa. La camisa por fuera del pantalón. Fuma y recuerda.

La madre:

Lindo mi muchachito.

No es cierto. Wilfredo es feo. El entrecejo nunca se alisa.

Todas las madres dicen «Lindo mi muchachito». Las madres también mienten. Los vecinos vienen a verlo. «Qué bonito». Los vecinos se guardan la verdad en el buche. Los vecinos también mienten.

Viejas putas, piensa.

La voz en el teléfono dijo que fuera al billar, que alguien le hará un encargo en ese lugar.

Tico tiene la piel canela, pero Wilfredo es prieto. El niño nunca sonríe. Tico sonríe siempre, incluso al matar. Los vecinos dicen a su espalda que Will es del lechero. «La muy puta. La muy putísima», dice Tico. Muchas veces. En muchos sitios. A mucha gente. No está seguro. Tal vez aclare cuando crezca. Will sigue oscuro. Caga mucho.

¿Quién será el encargo esta vez?

Ya le transfirieron el dinero.

La madre es muy joven. Trigueña, pero no prieta. No hay por dónde, piensa Tico. Debería matarla. Matarlos.

La madre:

Will, Willito, Willy, mi chiquito.

Entre las piernas abiertas de Will está la caca. Amarillo azufre. Apesta. Sólo él es capaz de borrarle la sonrisa a Tico.

La madre:

Ya, ya, mi chiquito, mi Willito. Ya te voy a limpiar.

En su genealogía hay parientes lejanos que llegaron de África. Lucy tuvo un novio negro. Hace dos años. Vivía en el otro extremo de Los Valles. Tico apareció después. No supo del novio negro. Lucy no se lo dijo. Nadie se lo dijo. Sólo son sospechas. Nadie se atreve a decirle del novio negro. Nadie lo dirá. Un ramalazo de negritud en Willy era posible. Por el pasado lejano o por «muy putísima».

Tico pasa en las cantinas. En el billar. Da puñetazos a quien sea, a lo que sea. Siempre está dispuesto a darse de trompadas con cualquiera, pero no ha tocado nunca a Lucy de esa manera. Es diestro, pero golpea con las dos. Incluso es perro con las patadas. Es bueno a los vergazos.

Entra. Pocos lo ven directo a los ojos. Lo saludan con un sucedáneo del respeto.

Heey, cabrones, ¿quién va a ser mi pato hoy?

Busca al mensajero con la mirada. No está. Conoce a todos los del billar.

Nadie quiere jugar con él. Nadie puede negarse. Todos saben que quien lo haga dejará la bolsa en el juego, por las buenas o por las malas.

Escoge víctima. Una mesa mientras espero, piensa.

Tico saca la ficha del bote rojo. La mira y la coloca adentro del pabellón de su oreja. La blanca sale golpeada por el taco y da un trallazo a las bolas de colores colocadas en triángulo.

Las paredes del billar son rojas. Rojo imperial, como la etiqueta en la botella de cerveza sobre el borde brillante de la mesa. Hay cuatro mesas de billar. Los paños verdes quedan limpios. Bolas en las buchacas o en la cajita de madera adosada a la pared. Nadie más juega. Sólo Tico y el desafortunado. Todos quieren ver la masacre. Cualquier masacre. El que observa afuera de la ventana también.

La espuma de la cerveza desborda la botella. Cae sobre la mesa y forma un lamparón en el paño. El coime no dice nada. Es la cerveza de Tico. Tico mira al coime con el rabillo del ojo. Ya vio también al desconocido que atisba por la ventana. Sabe que el coime lo mira, que mira la mancha en el paño, que si no fuera él lo mandaría a comer mierda y hartarse a su puta madre. Pero no lo hará. Se entienden: uno es el vasallo y otro el amo. Lo puede palmar, si quiere, al coime. Ambos lo saben. Todos. Por eso nadie dice nada. Es un acuerdo tácito: «no digo nada, me dejás vivir».

Desafortunado enyesa. Tira. Las bolas chocan contra las bandas. Ninguna entra.

Tico las va metiendo todas. La ocho está cañón. La más cercana a la ocho es la trece.

Tico enyesa. El dado de enyesar chilla contra la punta del taco. El culo de goma del taco rebota en el piso de cemento. Lanza una mirada que es toda una pregunta al hombre de la ventana. Éste lo mira, silente. El taco se queda de pie entre el pecho y el brazo de Tico. Se pone talco entre el pulgar y el índice.

La ocho está cañón. Apunta. Afina, lento y seguro. Golpea. La blanca da contra la trece y luego viaja hacia la ocho. Willy tiene la cabecita negra, como la ocho. La ocho entra a la buchacha.

Tico tira la ficha contra el fieltro esmeralda de la mesa. Desafortunado paga. Es poca cosa por salvar la vida. Podría ser peor.

Desafortunado:

Buena bola.

Lanza su ficha. Trece.

Que juegue otro. Ya no ando pisto.

Tico:

No te cagués.

Desafortunado:

No es eso. Es que de verdad no ando pisto, sólo lo de la comida.

Tico:

No comás.

Ríe grosero.

Al de la ventana:

Jugá vos.

Desconocido entra al billar. Todos suponen que es amigo de Tico.

Bebamos.

Bebamos —oye por primera vez la voz.

Juega bien. Le planta cara a Tico. No se deja apantallar por sus efectos y dobletes.

Desconocido está barriendo la mesa.

Fija la vista en las evoluciones de las bolas que desaparecen en las troneras, vuelve a recordar.

Willy anda por el suelo. Pañal sucio por el barro, por la caca. La madre está ocupada. Tico fuma y ve al pequeño entre las patas de la mesa. El perro de la casa frota el cuerpo contra su pierna. Le da una patada. Chilla y se contorsiona. Willy mira a Firulais y gatea hacia Tico. Tico le quiere dar también una patada, pero se contiene. El pequeño se agarra de las piernas del pantalón y se pone de pie. Tambalea y logra equilibrarse. Levanta su cabecita morena y mira a Tico. Tico piensa en la palabra «Hijo», pero no dice nada. Fuma a grandes caladas. Willy se cansa y cae al suelo. El perro le da un lengüetazo en la frente.

Willy crece. Tiene las piernas chuecas.

Le cabe un tren de putas entre las piernas, dice a Lucy.

La madre sonríe con humillada falsedad. Su corazón se quiebra.

Tengo que ir al billar. Duérmanse.

La idea es hacer negocios y, si es posible, regresar tarde. Que el bastardo esté dormido. Que la muy puta esté dormida.

¿Otra mesa? —pregunta Tico a Desconocido—, o…

Mejor un negocito, en otra parte.

Tico mira al coime y éste entiende. Se van sin pagar.

Todos pensaron que habría masacre en el billar esa noche, pero aún no es tiempo.

De Quimistán a la Santísima hay unos cincuenta kilómetros. Casi dos horas para ir de un lugar al otro en los viejos autobuses. Conoce el camino: Camalote, Jocotlán, La Ceibita, Pueblo Nuevo, La Unión... En todos ha trabajado. Algo ha hecho. Es julio. Hace calor.

Tico se instala al fondo del autobús. El cielo arde. Adentro del armatoste es un infierno, pero vale la pena. La paga es buena. Revisa la fotografía que le enviaron por WhatsApp. Como «nunca se sabe», dejó dinero a Lucy para que coma y le compre leche a Will.

¿Y si es mío?, piensa.

Él también fue niño alguna vez. Recuerda a su madre. Cierto parecido con Lucy. Ahora lo piensa. Nunca sintió miedo a nada ni a nadie. Ni siquiera a morir. Vivir por vivir, dando la muerte cuando fue necesario, como con un resorte siempre comprimido en su interior, hasta que alguien, algo, lo disparaba, y entonces la puñalada o, mejor, la descarga de diversas armas de fuego. Un revólver, una Beretta, una 9 milímetros, una chimba. Se volvió experto. Eran sus juguetes y sus ojos brillaban cada vez que caía uno nuevo en sus manos, comprado, robado o como parte de la paga por un trabajo.

Seguía siendo un niño, de alguna manera. Un niño peligroso, como antes cuando decía bajito a sus compañeros de colegio «Te voy a matar», cada vez que uno de ellos se negaba a hacer lo que él quería o lo ofendía con el apodo -Bejuquilla. Menudo como el cuerpo de una culebrita ratonera-. Temblaban ante esas palabras y, entonces, él obtenía lo que deseaba.

Vivir por vivir, para morir en cualquier momento. Lo sabía. Lo supo siempre, sobre todo después de que su madre le llevó un polluelo y se lo dio como mascota para que lo cuidara, pensando que así sacaría de él al niño bueno que ella sabía que había en el interior de Tico, aunque no lo hubiera visto nunca. Una tarde puso al polluelo en el hueco de sus manos. Piaba. Lo fue apretando hasta que el pequeño cuerpecito emplumado crujió, abrió el pico por última vez, se le desorbitaron los ojos y quedó como una mota amarilla sin aliento. Una muerte pequeña que le hizo ver que todos pendemos de un hilo muy frágil y que se puede morir en cualquier instante, sin motivos. Bastaba que alguien lo decidiera. No hay elección cuando alguien decide que otro debe morir. Le causó gracia el cuello blando, la cabecita desmadejada colgando de su mano. Sonrió. Sintió algo que bien podía ser la felicidad. Así lo conocerían siempre, como un niño sonriente, como un hombre sonriente, incluso sus muertos en el instante previo al fogonazo antes de la gran oscurana. Will nunca sonríe. No puede ser su hijo. Es un bastardo.

En Ceibita los vendedores incursionan en el autobús, atropellándose unos a otros. Algunos que se quedan afuera acercan por las ventanillas unas largas varas de madera con un travesaño en la cima, de donde cuelgan, como de un estandarte, bolsas con lascas de mango, tajadas de plátano frito, camaroncitos de soja. «¡Los romanos. Los romanos!», dice alguien al ver a los vendedores con los artefactos de madera y los productos colgantes. Son una legión, una falange del imperio de los miserables.

Recuerda.

En el viejo Petoa también hubo algo. Una pareja. No fue un trabajo, pero fue algo. Al mes de escapar de la penitenciaría y que le dieran un balazo en el codo.

Se mete a un guamil a hacer sus necesidades. Caga y piensa en la fetidez de la caca de Will. «Maldito bastardo». Le gusta cómo suena esa palabra. La escuchó en una narconovela. «Bastardo». Escucha un rumor más allá, entre la hierba. Se sube el pantalón, se mueve como una serpiente a través de la marea seca. El viento mece la hierba alta, más alta que él. Un pequeño claro más allá, y la pareja. Observa, furtivo. Sonríe. Quiere ver cómo el muchacho la desnuda y se la coge. Ella quiere. El muchacho va lento. Quiere ser delicado, incluso entre los matorrales.

Culero —piensa.

«Papi», escucha la voz de Will en su cabeza.

Ella está semidesnuda. Tico se toca. No pasa nada. El muchacho tiene miedo. ¿Es la primera vez? Tico enfurece, pero nadie lo notaría. Siempre está sonriente. Así se incorpora y surge al claro donde está la pareja. La pistola en su derecha.

Cogétela, vos. No seás culero.

La chica arrodillada frente al muchacho que no ha terminado de bajar la bragueta.

No se muevan. Ya para qué.

Sonríe, pero da miedo. La pareja está paralizada. La chica empieza a llorar, pero ahí se queda. El muchacho tambíen.

¿Me la prestás, entonces?

El muchacho quiere reaccionar.

Sin dejar de sonreír, Tico le perfora la frente de un disparo. «Por culero». El viento, el viento es tan agradable. Parece traer olas, fogonazos, de luz.

La chica abraza las piernas del novio muerto. Llora. Se arrastra y se aferra a las piernas de Tico.

No me mate. Por favor, no me mate. Lo que sea, pero no me mate.

Se tira hacia atrás sobre la hierba. Las piernas abiertas.

¿Lo que sea?

Sí, lo que sea, pero déjeme ir.

No soy violador.

Dispara y sonríe. La mancha de sangre parece una amapola que crece en el pecho de la chica.

La Unión está cerca. El autobús va veloz.

Pendejos, piensa en voz alta.

El hombre a su lado escucha y lo inquiere con la mirada.

Tico ve al hombre y sonríe.

Otros pendejos —dice.

A lo lejos se ve la cúpula del templo de La Santísima y los techos de las casas. Es bonito. Otra vez traerá a Lucy y al bastardo, si no los mata antes.

Primero la gasolinera Puma y después la UNO. Ahí se baja.

Todas las mototaxis se van con pasajeros. Tico espera. Fuma a la sombra de los árboles que crecen aferrados a la ladera a un lado de la carretera. No es cualquier mototaxi la que espera.

Al fin aparece la de él. Se cala hasta las cejas la gorra de los Yanquis. Debajo de ella lleva un gorro pasamontañas.

Al Potrillo —ordena, desde el asiento de atrás.

El conductor intenta ver a su pasajero por el retrovisor, pero Tico hace como que busca el pasaje en sus bolsillos y el hombre no ve más que las YN entrelazadas sobre la visera.

El motor de la mototaxi borbota un momento y luego impulsa con un rugido mecánico al vehículo que sube por la pendiente asfaltada y después gira a la izquierda, adentrándose en el pueblo. Tico se oculta cada vez que alguien saluda al conductor en el trayecto.

¿Qué habrá hecho éste?, piensa. No importa. Trabajo es trabajo.

¿Por aquí, jefe? —quiere saber el conductor.

No, más allá, hasta el fondo.

Antes de llegar al balneario de Yuri está el puentecito sobre el cauce del riachuelo. Nadie va por ahí desde que cerraron el balneario.

¿A quién va a buscar por acá, jefe?

Gente más hija de puta, metida, piensa Tico.

Parate por ahí adelante, que voy a mear.

La mototaxi se detiene en un recodo y ronronea. Tico se baja. Se coloca el pasamontañas que lleva debajo de la gorra y se acerca al conductor. El cañón platinado de la pistola en la sien del hombre.

A vos te buscaba. Ahí me vas a disculpar. No es cosa mía. Vos sabrás por qué te vas a morir.

Nada qué decir. No hay tiempo. El eco del disparo, la sonrisa de Tico y la mototaxi encendida con el cuerpo muerto es lo único que hay.

El riachuelo corre débil entre pedruscos negros veteados de blanco. Por ahí se lanza. La luz de la tarde lo ciega. Todo se comprime en su cabeza.

El recuerdo del disparo reciente, la imagen de Lucy (en momentos como éste podría decir que la quiere, incluso al bastardo), su madre muerta a machetazos por su padrastro, él quitándole el arma y matándolo también, aquella huida, otras huidas, los grandes pechos de una chica que vio en picado desde la ventanilla del bus en La Ceibita ofreciéndole mango embolsado, el rumor fresco de la corriente y el chapoteo de sus botas al deslizarse de las piedras y caer en el agua, el sudor que baja desde su cabeza y le humedece la cara, la camisa mojada que se le pega al cuerpo como una segunda piel y le estorba, la cabecita negra de Willy y el olor de su caca, la visión de las curvas del riachuelo que se pierden en la espesura del bosque. Hacia allá tiene que ir.

A lo lejos escucha gritos de alarma. Ya está entre los árboles. Eso no lo estudió. No pensó por dónde escaparía. Siempre encontró una forma, pero nunca lo hizo por el lecho casi seco de un río. Es difícil. ¿Qué habrá hecho el muerto en vida para que alguien quisiera acabar con él? Tal vez nada de importancia, tal vez nada. Tal vez sólo alguien lo decidió y lo escogió a él como arma. Tal vez el marido de otra Lucy descubrió que su hijo es bastardo, que el niño no se parece en nada a él, que tiene la cabecita negra como Willy, como la bola ocho.

No sabe si su mente lo engaña, si sólo es su imaginación o es verdad. Mira a lejos la gente del pueblo que comienza a rodear la mototaxi. Es un pueblo pequeño al que, caprichosamente, llaman *ciudad*. Es un pueblo, tan pequeño que todos se conocen. Todos están emparentados. Los primos perfectamente pueden ser hijos de la abuela. Todo es posible. En lugares como ese la sangre es un río que no siempre discurre en sentido natural, que a veces regresa en curvas retorcidas como la cola de un chancho. El muerto debió ser primo de alguien, que a su vez es tío de alguna abuela. Sí, tío de la abuela. Qué locura. Sonríe, quiere reír, pero está agitado. Le falta el aire. Ya no es el mismo de antes. Todavía hace bien su trabajo, pero ahora le cuesta más huir. Ahora lo descubre.

Efectivamente, ya todos lo saben en La Santísima. La sirena de la Policía resuena con obscenidad en el aire y hace eco en las montañas. El sonido parece un sabueso que ha identificado su ruta de escape y lo sigue, mezclado con la corriente del riachuelo.

¡Por allá! —dice alguien—. ¡Por allá se tuvo que ir!— aunque no lo ven.

¡Te vamos a cazar, hijueputa!...puta..puta…uta…uta.

Trastabilla. El teléfono se le cae. Lo quiere recoger, pero no lo encuentra detrás de la piedra donde ha caído. Continúa.

Llamame, Lucy.

No se puede detener. Tiene que seguir.

Lucy limpia una vez más la caca de Willy en la mente de Tico.

Mamá, ¿Papi? —pregunta el niño.

¿Y si es mi hijo?

Él no es chele, como la mayoría de habitantes de aquella región. Puede que haya algún negro entre sus antepasados. Por algo su piel es cobriza. Quizá Willy tiene un tataratatarabuelo negro.

En la distancia escucha el estruendo de un disparo. Es un aviso, una amenaza, de que van por él. Un aviso de la muerte. Esa a la que nunca le ha tenido miedo. Pero ya no es tan joven. Tiene veintisiete y un par de canas en el morro.

Tropieza y su tobillo da contra el borde afilado de un pedrusco. El vivo dolor.

¡Por la gran puta!

Decide apartarse totalmente del riachuelo que conduce a la entrada del pueblo. Por ahí no. Tiene que ir en otro sentido, hacia la montaña a la derecha de la carretera. Frente a él se abre una hondura poblada de vegetación.

Ya todos saben que hay un muerto adelante de El Potrillo. La entrada del pueblo es un hervidero de gente. La Policía parece haberse desentendido del asunto. Ya no suenan las alarmas de las patrullas. Los conductores de mototaxis se organizan. Bajan y suben por la carretera en sus vehículos buscando al fugitivo. Detienen los autobuses interurbanos. Suben a ellos y buscan a alguien que les parezca el asesino, aunque no saben quién es. No han visto su rostro. No saben de dónde salió, pero saben que lo reconocerán al verlo. Un asesinato no se puede esconder tan fácilmente en la mirada de un hombre. Algo lo delatará. Alguien llama a las empresas de transporte para pedir que alerten a los motoristas de que en algún lugar de la carretera podría subir un hombre que ha matado a alguien en La Santísima.

La noche está cerca.

Tico avanza, abriéndose paso entre las zarzas y las grandes hojas acorazonadas. El día va a terminar y aún hay un poco de luz en el aire, pero abajo en lo profundo del cañón de la montaña es más oscuro. No sabe si logrará salir a la carretera antes de que anochezca. Los escarpados son salvajes. No ve por dónde puede subir. Se ha metido a la boca de un lobo y tiene hambre. Los dos tienen hambre.

Ya no escucha nada más que el ulular de los animales que comienzan su vida nocturna entre los árboles. Cada vez es más difícil avanzar. Las ramas se entrecruzan y sólo ve la negrura vegetal que lo rodea. No lo logrará. Nunca le ha temido a la muerte, pero esta vez, por primera vez, piensa en la salvación. Cansa matar.

Se resigna. Busca un hueco en las paredes rocosas. Los monos aúllan en un lugar indeterminado. Dicen que también hay coyotes y tigrillos en aquellas montañas. Quiere fumar, pero la cajetilla se le cayó en alguna parte, igual que el teléfono. Al fin encuentra una oquedad natural. Ese va a ser su refugio por esta noche. Quizá es lo mejor. Si hubiera llegado a la carretera, lo más probable es que alguien lo habría relacionado con el muerto. Mejor así. Pensarán que ya se les escapó. Mañana será mejor.

Lucy. Willy.

Buscaron su rastro en el cauce del riachuelo y en los ribazos. El teléfono con la fotografía del muerto entre las imágenes de WhatsApp les confirmó que el aparato pertenecía al sicario y que por ahí tuvo que haber huido.

El frío y el hambre lo despiertan justo en el momento en que unos ladridos de perros llegan a sus oídos desde la lejanía. Se adentra dos o tres kilómetros en la hondonada, pero esa distancia no será suficiente para estar a salvo de sus perseguidores si no se pone en marcha inmediatamente.

Le duele el cuerpo. La lesión causada por el balazo en su codo parece revivir en punzadas nuevas. Abandona el hueco de piedra y comienza a abrirse paso entre lianas, raíces, hojarasca y toda clase de bichos que infestan el aire húmedo y candente de la mañana.

¿Habrá comprado Lucy la leche de Willy?

Tiene que encontrar por donde subir a la carretera. Ahí puede parar a cualquier conductor y pedirle que lo lleve, por las buenas o por las malas, lejos de aquel lugar.

¡La pistola! ¡Mierda!

Seguro la olvidó en el hueco de piedra. Ya no puede volver para buscarla. Huir es parte de la vida. Todos huyen. La diferencia es que la mayoría lo hace con miedo a morir y por eso mismo terminan muertos, porque la cabeza se les tupe y huyen mal. Pero él no tiene miedo. Nunca lo ha tenido. ¿Por qué no habría de escapar esta vez?

El terreno es agreste. Escucha las ramas tronchándose a su paso, las hojas que crujen como cientos de polluelos. Le gustaría no seguir. Parar y esperar a que los hombres y sus perros lo alcancen. Sonreírles al verlos llegar y que pase lo que sea. El hambre es un agujero que duele en la boca del estómago. Son, prácticamente, dos días sin probar bocado. El terreno declina un poco. Por ahí tal vez pueda subir. Comienza a intentarlo. Hunde los dedos en la tierra húmeda. Sus botas resbalan constantemente, pero lo está logrando. Alcanza una saliente y sube por ella. Después de un rato ve la hondonada abajo. A veces siente más cerca al grupo de perseguidores y luego hay silencios en los que se cree a salvo.

El sol asciende con irrefrenable calma. Lo puede ver a través de las copas de los árboles. No debería estar lejos de la carretera, pero lo está. El camino que ha recorrido le pareció más o menos derecho en dirección al norte; sin embargo, la hondonada tiene sus curvas y ahora se encuentra más lejos de la carretera que al principio. La carretera misma también se va separando del sitio donde se encuentra.

Otra vez está exhausto y hambriento. El sol ha descrito una gran parábola sobre su cabeza y ya es tarde.

¿Dónde putas está la carretera?

Se detiene en lo alto de una masa de rocas. El viento sopla y lo vivifica. Abajo y a lo lejos entre los árboles logra ver, pequeñísimos, al grupo de hombres y sus perros que parecen haberse rendido y regresan por donde vinieron.

Una pequeña meseta y el bosque ralo le permiten ver La Santísima como cuando se acercó a ella a dar la muerte hace dos días.

Tiene que seguir subiendo la montaña si quiere llegar a la carretera que debe estar cerca porque, de vez en cuando, escucha el ronco sonido que hacen los furgones al bajar alguna pendiente con el freno de motor activado. Si hubiera sido máquina en lugar de hombre, le habría gustado ser un Kenworth T800. Le gustan esas bestias que atraviesan Los Valles todo el día y la noche. El único regalo que le hizo a Willy en su corta vida fue un furgón de juguete.

Cerca de las siete de la noche alcanza la cinta de asfalto. Se siente libre, pero está débil. Se tiende contra un pequeño escarpado y observa los autos pasar veloces. Piensa parar alguno y pedir que lo lleve lejos de ahí, pero no tiene fuerzas para nada. Está sucio. La camisa hecha jirones, las botas llenas de barro y los labios partidos y resecos. El hambre lo obsesiona. Un poco a la derecha, al otro lado de la carretera, divisa un sendero angosto que sube por una colina y, sobre el verde solemne del bosque, un penacho de humo que asciende. No logra ver de dónde surge, pero imagina una choza entre los árboles, donde una anciana como su madre muerta prepara la cena. Va hacia allá, más impulsado por la necesidad que por la razón. Teme que la noticia del asesinato haya llegado hasta ahí y que alguien descubra que él es el asesino, pero el hambre es demasiada y decide ir.

Cuando está suficientemente cerca ve que se trata de una pequeña pulpería de montaña, para unas cuantas casas dispersas que se distinguen entre los árboles. A la sombra de un techo muy bajo mira el letrero de Coca-Cola clavado en la pared encalada. La luz de una bombilla en el interior hace de la ventana abierta un cuadrado amarillento y vivo.

Adentro, una niña ordena bolsas de café. Siente la presencia de Tico a su espalda.

¡Mamá! —dice.

La mujer aparece. La niña se abraza al cuerpo de su madre. Algo debe estar viendo en el recién llegado. Quizá la muerte como un halo rodeándolo, visible sólo para los inocentes, porque la mujer no parece enterarse. Para ella sólo es un caminante agotado en busca de auxilio.

¿Qué desea? —pregunta con calma.

Tico saca unos billetes arrugados de su pantalón.

Sólo algo de comer y beber, antes de seguir mi camino.

Voy a ver qué le puedo servir. Siéntese por ahí —señala con un movimiento de cabeza un banco bajo el ancho alero de la casa.

Tico obedece. La mujer y la niña desaparecen detrás del cancel donde cuelgan las ristras de churros y las bolsitas de especias.

No saben nada, piensa.

Mientras espera escucha que algo se fríe adentro. Un olor a comida recién hecha y una conversación de la que sólo se logra distinguir apenas la voz de la mujer. La otra persona debe tener una voz muy baja.

Después de un rato, la mujer aparece en la ventana. Frijoles fríos con un poco de sopa marrón y un trozo de cuajada con dos tortillas a un lado, servidos en un plato hondo. Lo que sea que estuvieran friendo no era para él, pero eso no lo desanima y toma con desesperación el plato. Está agradecido, de todas maneras.

Comienza a comer y luego ve un teléfono barato en la mano de la mujer que lo observa. Intenta esconderlo, pero ya es demasiado tarde.

Ya va a venir mi marido —dice—. Anda en La Santísima, pero ya viene.

Algo de advertencia hay en las palabras de la mujer.

Si tuviera todavía la pistola le reventaría la cabeza de un disparo, pero sólo tiene entre sus manos el plato de comida que arroja contra la pared.

Escucha las mototaxis que se acercan al sendero que lo condujo hasta la casucha. Echa a correr. Se mete entre los matorrales y sigue corriendo. ¿Cuánto? Un kilómetro. Una hora. Una eternidad. Una vida. A ratos mira entre los árboles el haz de una linterna. Los perros ladran. Sus dueños cada vez más cerca gritan «Hijueputa», «Asesino». Chinchín de los filazos de los machetes contra las rocas.

De golpe se encuentra en un claro de bosque, frente a un abismo. Las montañas a lo lejos en dirección a Los Valles. La luna completamente redonda le ilumina la cara cetrina cubierta de sudor.

Acezante, busca un lugar donde sentarse junto al gran vacío que se abre ante él.

Entre los grandes pinos descubre un árbol más bajo, de tronco liso. Se tumba boca arriba junto a él. Desabotona su camisa. Está agotado, pero tranquilo. El viento mece las ramas y descarga una lluvia de flores que brillan plateadas por la luna y caen en su pecho desnudo. Toma la pequeña estrella y la contempla. Es una flor de nance. De pronto recuerda la cara de Lucy y la cabecita de Willy con el pelo tan negro como la bola ocho. Sonríe. Acerca aún más a sus ojos la flor y, por primera vez en su vida, siente que el mundo es hermoso.

Lucy. Willy. Hijo —susurra; pero ya es tarde para eso. Nadie lo escucha. Es tarde para él en el mundo. Cierra los ojos.

Sos feo, cabroncito, pero sos mi hijo. Vale verga. Pero sólo yo puedo decir que sos feo. El que te diga feo se muere, por esta que se muere.

Los ojos de Lucy brillan, pero no llegan al llanto.

No seas pendeja. No vayás a llorar. No jodás. Mejor arreglate y nos vamos a buscar un pollo chuco.

Firulais brinca alrededor de Willy. Los perros huelen el miedo, también el amor y buen ánimo de sus humanos. Esta vez no recibirá una patada. Se atreve a dar vueltas entre las piernas de Tico.

Ya, calmate, Firulais, vos también te vas a salvar con los huesos de pollo.

En ocasiones se ve mejor cuando se cierran los ojos.

Se escucha mejor cuando se cierran los ojos.

Las voces de los perseguidores le llegan en jirones con las ráfagas de viento. Cada vez más cerca, pero no abre los ojos. Un poco más lo dedica a estar inmerso en el espíritu sagrado de la noche que lo cubre. Acaricia la hierba entre sus dedos y se da cuenta que le faltó imaginación en la vida. Imaginar otra vida.

Tardan en encontrarlo. No ven su cuerpo tendido en la oscuridad silvestre, pero los perros huelen su presencia y van hacia él ladrando.

¡Allá! ¡Allá está el hijueputa!

Abre los ojos y levanta el torso. Se arrodilla frente al abismo. Él, que nunca le ha temido a nada, ahora está arrodillado, pero no ante nadie, sino ante la profundidad que se abre más allá del desfiladero.

¡Te llegó la hora, cabrón!

La masa enardecida está detrás de él como una horda ciega, pero no lo atacan inmediatamente. Los perros tampoco. Sólo ladran con los hocicos babeantes y estirados. Algo huelen que no es miedo. Si fuera miedo ya le habrían hincado los dientes en el cuello, en los brazos. Es algo más lo que les mantiene a raya. Es paz.

Por un momento piensa lanzarse por el barranco para escapar, pero inmediatamente desaparece la idea. ¿Para qué?

Alguien le asesta una patada en la espalda que lo lanza hacia adelante.

¡Parate, hijueputa, como hombre!

Vuelve a levantar el torso, gira y queda arrodillado frente a sus captores.

Sonríe. Esto enfurece más a los hombres que, por primera vez, le ven el rostro.

Decí quién te mandó a matar al hombre.

No responde.

Mira los cuerpos armados con pistolas y machetes.

Toñito, pegale vos el primer tiro, en nombre de tu hermano, a este hijueputa.

Ponen la pistola en la mano de Toñito. Se acerca a Tico. Se ven a los ojos. Levanta el arma y la pone en la sien de Tico, que inclina el rostro esperando la descarga. Toñito llora con furia pero no puede disparar.

El hombre que parece liderar el grupo se acerca a Toñito. Le quita con suavidad la pistola.

No te preocupés. Mejor no te manchés vos las manos. Sos muy joven para eso. Nosotros lo vamos a hacer.

Toñito se aleja un poco. Los demás blanden los machetes, listos para la masacre, y retienen a los perros con las correas. La pistola vuelve a la sien de Tico.

¿Entonces, sabés lo que te vamos a hacer?

Tico levanta despacio un puño hasta la altura de sus ojos y lo abre. La flor de nance es como una pequeña estrella en la palma de su mano.

Es hermosa, piensa. Le gusta cómo suena esa palabra en su mente.

No importa. Valió la pena —dice.

Por unos segundos los hombres armados se interrogan con las miradas, tratando de entender lo que acaba de hacer y decir Tico.

«Valió la pena».

El hijueputa ni siquiera se arrepiente, sino que está orgulloso de lo que hizo —dice, amargo, el hombre que le apunta con la pistola.

¡Matemos de una vez a esta basura!

¡Momento! No se la vamos a poner tan fácil.

Primero los golpes que lo derriban. Muchos golpes. El dolor ciego, ubicuo, que invade su cuerpo. El rostro de Lucy, la cabecita de Willy. Después el primer ardor, largo y profundo, en el hombro. Ese sonido nuevo cerca de su oído. El brillo y el zzaaasss en el aire por un segundo antes de cada machetazo. La piel que se abre y los chorros granate. Los tajos de carne de sus brazos, de la cadera, de la espalda. La hierba lo recibe como a un feto. Ni un grito de su parte. Apenas unos gemidos ahogados por el ladrido de los perros y los improperios de los hombres. Una sed inmensa le llena la boca. Quisiera saborear el aire, pero tiene la mandíbula rota, partida en dos por un filazo. Es una culebrita de bronce macheteada sobre el campo.

¡Ya! ¡Apártense! Todavía está vivo. Falta lo otro antes de que se muera.

El chorro de combustible lo baña. Lo refresca, pero también arden más las heridas. Lo dejan así unos segundos, un tiempo eterno.

Después, silencio.

Alguien se lleva un cigarro a la boca. Un fósforo chasquea sobre la lija de una cajetilla. La bocanada de humo. La brasa viva que vuela prendida de la *chenca* y cae sobre el cuerpo empapado. Un fogonazo parecido a la felicidad. Las llamas comienzan su trabajo. Los perros ladran alrededor del cuerpo que se calcina. Los hombres no terminan de entender la frase.

Bajo la luna brillante y fragmentada por las copas de los árboles, el mundo está en su sitio.

Tico nace.

JAVIER SUAZO MEJÍA
(Tegucigalpa, 1967)

Realizó estudios de arquitectura, pero ha trabajado, sobre todo, en comunicación publicitaria, comercial e institucional. Ha hecho talleres para dirección de actores en Cuba, lo que ha derivado en la escritura de guiones para documentales, cortometrajes y largometrajes, que también ha producido y dirigido. En 2017 fue finalista del concurso de guiones FOX LATIN AMERICA 2017 y formó parte de la Selección Oficial del Lab-Guion Colombia 2018 por un guion para largometraje. Ha publicado las novelas *De gobernantes, conspiradores, asesinos y otros monstruos* (2005), *El fuego interior* (2007), *Entre Escila y Caribdis* (2019), *Quetzaltli, la lágrima del creador* (2019), y su último libro es *Distopía, cuentos de ciencia ficción del tercer mundo* (2020). Su cuento para este libro es "La paga del Diablo", que forma parte de una serie de relatos y novelas (aún inéditos) que combinan el género negro con lo fantástico.

LA PAGA DEL DIABLO
Javier Suazo Mejía

Tengo un fetiche por los pies, lo admito. Así que el primer lugar al que se dirigieron mis ojos cuando abrí la puerta fue hacia esa parte del cuerpo de aquella mujer. Un par perfecto, de delicada curva, dedos proporcionados y embellecidos por el rojo encendido del esmalte de uñas contrastado con una piel canela. En el cuarto dedo del pie izquierdo, un anillo de oro falso. Toda esa delicia estaba envuelta en unas sandalias de tacón de aguja, negras, diseñadas para enardecer los sentidos de alguien como yo. Su cuerpo, esbelto, con las ondulaciones adecuadas, despertaba mi lascivia. Pero, tanto sus movimientos como su ajustado vestido de polyester fucsia denotaban una vulgaridad evidente. Junté ese dato al acre olor de su aliento: muchos cigarrillos, perfume barato y cerveza fuerte, todo mal disimulado bajo el disfraz de un dulce de menta a medio deshacerse en su boca. Puta, de mediana categoría y tarifas accesibles, pensé.

Varias horas después, con un proyectil de plomo hacia la derecha de mis tripas, la sangre formando un charco a mi costado y la vida en un ir y venir, me digo a mí mismo que fui un pendejo por no haber advertido todas las señales a tiempo. Necesito un buen par de lentes, pienso mientras trato de sonreír, aún con el sabor a herrumbre en el paladar. Pero ya es muy tarde para eso. En una investigación, la observación de los detalles cuenta al inicio, no cuando el caso está resuelto.

Vamos a los hechos:

—¿El inspector Polanco? —dijo la mujer con una voz ronca que aumentaba su aura de sensualidad.

—Ya no trabajo para la Policía. No soy inspector. Nataniel Polanco, nada más.

—Mejor. Casandra Córdoba. —Me dio la mano, un apretón de albañil. Pasó adelante y caminó hacia el interior, en donde tomó asiento antes de que yo la invitara.

—¿Café, agua?

—Así está bien. ¿Le molesta si fumo?

Sacudí la cabeza, le pasé la taza en donde quedaban los posos del café de aquella mañana para que la utilizara como cenicero.

—Creí que tendría una oficina —me dijo con reproche en tanto ojeaba mi "chalet" con cierto aire de decepción.

—¿En qué puedo servirle? —yo también encendí un cigarrillo.

—Cleo, la que lee las manos, me lo recomendó. Dijo que usted resolvió el caso del chino Quan. Que tiene un… dijo que usted posee "el resplandor".

No pude evitar reírme. La gente dice cada cosa.

—No tiene nada que ver con resplandores —le dije—. Para mí son unas tinieblas cabronas. No hablemos de eso. Cuénteme su problema.

Una lágrima resbaló por su mejilla. No pude evitar estremecerme.

—Secuestraron a mi bebé. Tengo poco tiempo. No soy la persona que ellos piensan, y no puedo, no sé cómo cumplir sus demandas. —Un miedo, genuino a mis ojos, cubrió sus palabras.

—No sé quiénes son. No estoy segura. Pero fue un policía el que me entregó la nota. Y me advirtió que no pusiera la denuncia.

No pude disimular verla con lástima. Ella lo notó y agachó la mirada.

—¿Qué quiere que yo haga? —le dije.

—Cleo dijo que usted encuentra lo que está perdido.

Sabía muy bien lo que eso significaba, y la dosis de dolor y angustia que representaría para mí. Caminar por la casa de las sombras tiene un costo elevado.

—Yo sólo quiero saber dónde está mi bebé. Lo demás es asunto mío —agregó.

Sus palabras me asombraron. Ella lo notó, pero no dijo nada. Se reclinó en el sillón, cruzó las piernas —un buen par de piernas— y exhaló una bocanada de humo.

Le pedí que me mostrara la nota y que me diera detalles de la desaparición.

Me meto en cada problema porque soy un creyente. Creo en lo que nadie más cree, y creo en lo que me dicen. Me desangro, con un plomo alojado en las entrañas, por creer que hay criaturas en este mundo que merecen redención. "Los buenos somos más"; semejante mentira se ha cagado en mi vida.

Casandra Córdoba se fue cuando le dije que la primera parte del trabajo tenía que hacerla solo. Cuando camino por la casa de las sombras mi cordura no admite interrupciones.

Cualquiera diría que mi trabajo es fácil. Que me basta hablar con los muertos para encontrar las pistas que busco.

¡No saben lo taimados que son los espíritus! Ellos no dan respuestas concretas. Obligados a arrastrarse por el inframundo, viven resentidos, comiendo polvo. Nunca querrían facilitarnos la vida. Así que responden de manera críptica, añadiendo misterio al misterio. Yo los escucho y trato de obtener indicios de sus enrevesadas respuestas. Así que, al final, hago el mismo trabajo que hacía antes en la Policía, sólo que, en lugar de obtener datos en la escena del crimen, lo hago en la casa de las sombras. Lo demás, cómo ato cabos y llego a mis deducciones, requiere la misma pericia del trabajo policial.

Justo eso fue lo que ocurrió cuando entré en trance. La habitación en penumbras, el incienso, el acre olor del puro, el amargo sabor de los hongos en mi lengua, el rutinario inicio de mis pesquisas. Luego, el dolor, el trépano hasta el núcleo de mis sesos.

—Polanco, un día te vas a quedar aquí, con nosotros —reconocí la voz a pesar de su entonación cascada, reseca como un páramo bajo el sol de la canícula. Era Luis Menjívar, alias Gokú. Yo lo había matado en una redada contra la pandilla 13.

—Dejá de hablar mierda y respondé —le dije. Con los difuntos no se debe tener contemplaciones.

—¡El Mensajero!

No sé si fue por aquella voz de insondable angustia, o por el tufo sulfuroso de los pasillos entenebrecidos por la niebla del más allá, pero el dolor lacerante que barrenaba mi masa encefálica se hizo cada vez más insoportable.

—¿El mensajero de quién, cabrón? —lo empujé contra la pared musgosa y le presioné el cuello con mi antebrazo. Se me quedó viendo y se rió con el sarcasmo pintado en su rostro perforado por agujeros de balas... *mis balas.*

—¡Qué divertido es ver al bufón siendo el objeto mismo de la burla! —me dijo el espectro de *Gokú* sin dejar de sonreír, a pesar de la presión que hacía sobre su cuello.

—¡Mierda, respondé! —su tráquea tronó.

—Tu amigo, el chino Quan, trabaja para el Mensajero —no perdió la sorna en su rostro al hablar—. Quan metió el mensaje de contrabando en el país. El mensaje es lo que se ha perdido —el tono burlón en su voz pedregosa, aunado con el trépano en mi cerebro, me desesperó. La desesperación es el principal rival de una buena investigación policial… aunque, por otro lado, yo ya no soy un policía.

Lo molí a golpes. Si no fuera porque ya estaba muerto, lo habría dejado cadáver en aquel lugar. No paré hasta que mis fuerzas se agotaron. Lo abandoné tirado sobre el suelo fangoso, su rostro hecho una masa amorfa. Pero siguió con su risa rebotando en las paredes hasta golpear mis oídos cuando me alejaba.

El chino Quan me debía la vida. La Parka lo había tenido en la mira y yo evité que lo despachara para el otro mundo. Nadie se le escapaba a la Parka, nunca. Hasta que yo salvé al chino Quan, claro. Así resolví el caso del dragón de jade. Por eso estaba seguro de que el chino no se negaría a darme una pista.

—¡Comé mierda, cabrón! —me dijo sin miramientos. Estábamos en la bodega de su tienda, en el mercado San Isidro—. Vos no sabés en qué te estás metiendo. No le hagás caso a esa puta y volvete a tu casa.

Obvio, cuando a mí me dicen "no", digo "sí".

—Aclarame vos cómo es la cosa, pues, y no sigo jodiendo.

—Esos lunáticos son gente muy peligrosa —la mirada del chino Quan lo decía todo: tenía miedo—. Yo mismo me arrepiento de haberles hecho el encargo.

—¿Cuál encargo?

—Carajo, Polanco, si abro el pico voy a aparecer con moscas en la jeta. Y a vos también te van a mandar a que hablés en persona con los espíritus.

¡Putos informantes! Vivos o muertos son la misma mierda. Hablan, pero no dicen las cosas así, a pura lija. Todo lo enredan con verdades incompletas, claves misteriosas y secretos tenebrosos. El dolor de cabeza regresó.

—Mirá, chino culero, yo no me metí en esto, me metieron. Tengo una clienta angustiada, buscando a su bebé, y voy a encontrarlo. ¿Quién es el Mensajero y qué putas tienen que ver los tales lunáticos en toda esta mierda? ¿Quién de ellos tiene a la criatura?

Justo terminé la frase cuando comenzaron los disparos.

La cosa se complicó. El chino Quan estaba muerto y el forense encontró dos cadáveres más, presuntos sicarios. Para colmo, yo seguía con más preguntas que respuestas.

—¿En qué lío estás metido, Polanco? —la comisaria Montenegro, mi antigua jefa, llegó a sacarme de la bartolina, en el Comando Regional 7, y me guio hacia su oficina en el segundo piso del viejo edificio.

Tengo por regla no ocultarle nada a la Policía, por lo menos cuando la información no ponga en peligro la integridad de mis clientes, ni la mía. Así que le conté toda la historia a Montenegro. Ella tiene unos pies preciosos, pero ese día los andaba enfundados en unos botines marrón.

—Así que ahora sos investigador privado —me dijo. Cuando pronunció las últimas dos palabras, hizo ese gesto con su boca, como el que se hace cuando uno se para en un pedazo de caca.

—No, para nada —dejé que mi dignidad saliera a flote—. Me pagan para encontrar cosas, o personas, y de vez en cuando para recordarle a alguien que es mejor evitar problemas. Nada más.

—Y por lo que veo, es común que tu trabajo se roce con la muerte. Tres homicidios hace unos meses y dos esta mañana.

—Ellos me atacaron. Yo sólo me defendí. Ni siquiera ando armado.

—Pues deberías, si es que querés llegar a Año Nuevo.

—Las armas las carga el Diablo.

—A mí me parece que vos sos el Diablo, Polanco. Bueno, ¿qué crees? ¿Estos dos los atacaron por el caso de la Parka o están relacionados con ese bebé que andás buscando?

No respondí. Montenegro no andaba de buenas pulgas. Me advirtió que habría una investigación a profundidad, agravada por los antecedentes del caso del dragón de jade. Dijo que, por deferencia profesional, y con la venía de los fiscales, me iba a soltar, pero yo quedaba obligado a asistir a todos los interrogatorios. Prometí hacerlo y salí.

Afuera llovía. Una sensación a ceniza húmeda envolvía a la ciudad. En la entrada del edificio, empapada, Casandra me esperaba.

Yo sabía que Casandra Córdoba no iba a poder completar mis honorarios. Era evidente, desde que la vi entrar a mi vida, con su aroma a flor de barranco y a estanco al amanecer, que no tendría más que para el gasto de medio día de sustento. Joder, tampoco podía evitar sentir vergüenza de mí mismo por cobrarme de aquella manera. Aún más cuando le vi el culo oscuro, desplegándose en toda su gloria ante mi cara, mientras se agachaba sobre el borde de la cama para tomar el cenicero y el paquete de cigarrillos. Tenía el cuerpo de una diosa, y un par de pies perfectos, suficiente para no darle más importancia a mis escrúpulos. Quedé viendo mi pene flácido, escurrido, avergonzado de mirarlo en retirada cuando aquel trasero redondo me invitaba a otro polvo.

—¿Por qué no comenzás por decirme la verdad? —le pregunté para evadir el bochorno de mi pereza eréctil.

—¿Qué querés decir con eso?

—Vos misma escribiste la nota, flaca.

—¿Por qué decís?

—Me llamó la atención la letra, toda rara. La escribió un zurdo, un zurdo semianalfabeta. Vos sos zurda.

Agachó la mirada. Sé que meditaba sus opciones. Por fin dijo:

—Tengo que encontrar al niño, si no, me matan.

—¿Quién?

—Los locos esos. Entre ellos mismos se están matando ¿Sabés? Hay dos grupos que se odian: los Inmaculados y los Cardenales. Y yo quedé atrapada en medio de todo.

La tomé por la muñeca y la acerqué a mí. La cubrí con mi abrazo. La punta de sus pezones y el par de tetas, de perfecta redondez, apretadas contra mi pecho, provocaron el efecto mágico: el miembro inerte recobró la vida.

—Tengo miedo —su aliento a juerga y desenfreno acabó por excitarme más.

—Yo te voy a proteger —le aseguré. Pero, ya lo dije antes: soy un pendejo; ¿qué mierda era eso de inmaculados y cardenales?

Casandra Córdoba tuvo una muerte rápida. Seguro que no sufrió. Fue un disparo certero en el parietal derecho, con un pequeño orificio de entrada y un boquete del tamaño de un puño en el lado izquierdo. Ellos me dieron por muerto a mí también, o consideraron que no valía la pena liquidarme del todo y me dejaron aquí, sobre un charco de mi propia sangre, con un agujero en mi costado.

Casandra me mira con los ojos de la muerte, esa mirada vacía, con la pupila dilatada, inmóvil. Una mosca se pasea sobre sus labios.

Nos capturaron en el Centro, a la salida del edificio en donde vivo. Eran alrededor de las tres de la tarde. Seguía lloviendo. Actuaron rápido. De un golpe en la parte posterior de la cabeza me pusieron fuera de combate. No vi nada. Desperté hace poco, con un ardor insoportable devorando mi abdomen y la migraña trepanándome el cerebro. Siento arena en mi garganta. Ella, su cadáver, no me quita la vista de encima. La lluvia no para.

Tengo que irme de aquí. Logro incorporarme a pesar de que apenas siento mis piernas. Me tambaleo. Hago presión sobre la herida tratando de contener la poca sangre que me queda. Un mareo insoportable me domina. Vomito, pero me hace bien. Después de dejar las tripas tras cada arcada, mi mente se despeja. Estoy rodeado de zarzales en un solar pardo, lodoso. El mundo es un tiovivo alrededor. Le echo una última mirada a lo que queda de Casandra Córdoba. El anillo de oro falso, alrededor del cuarto dedo de aquel bello pie izquierdo, es la última imagen que guardo de ella.

Camino en busca de la carretera.

Me ha tomado casi un mes recuperarme. Montenegro ha estado histérica desde que encontraron el cadáver de Casandra y supo que yo estaba herido de bala, salvado de la muerte en un quirófano clandestino. Ya vino a interrogarme, pero no sé mucho, y lo poco que tengo no le servirá de nada.

Pienso con frecuencia en el bebé, debe estar muerto. Pero todavía dudo si seguir con esto o si me olvido del asunto. Guardo una cicatriz de este caso, no sé si estoy dispuesto a recibir más "recuerdos" por mi investigación. Pero luego está mi terquedad. Nunca he dejado un caso sin resolver, siempre encuentro lo que busco. No en balde llevo una medalla de San Judas Tadeo, el patrono de las causas perdidas, alrededor de mi cuello.

He retomado mis caminatas por el centro de Tegucigalpa. Vuelvo a visitar el bar de Tito, famoso por un cóctel llamado Calambre. Me estaba tomando uno de aquellos tragos, solo, como prefiero beber, cuando sentí a mi lado una presencia.

—¿No has vuelto a consultar a los espíritus? —reconozco de inmediato la voz femenina que me recuerda el ruido que hacen los cuchillos cuando se afilan; era La Parka.

—Tiene un costo muy grande —respondo, mientras paso revisión a su rostro pálido, atractivo, enmarcado por una cascada azabache con reflejos azulados.

—Te conozco. Aún estás pensando en el caso.

—También eso tiene un costo elevado —le digo sin poder evitar el tono amargo—, y ya no tengo quien me pague.

—Pues, a mí me interesa que encontrés al Mensajero.

—¿Qué tenés que ver con todo eso?

—Un asunto mío.

—Pues, si querés que te ayude a encontrarlo, también es asunto mío.

Me mira con esos ojos que son el abismo de la eternidad. Sonríe con ironía.

—Hay una guerra allá afuera —me dice—, y yo ya tomé un bando.

—¿Ah, sí? ¿Y cuál es ese?

—Te voy a dar toda la información que necesitás, y te voy a explicar todo ese asunto del bebé, la puta y toda esa pandilla de locos involucrada. Quiero que desaparezca el Mensajero, pero no lo puedo tocar yo.

—¿Me pedís que tome parte en una venganza?

—Es una retribución.

¿Vale la pena dar pelea cuando ya no hay nada que ganar?, me pregunto a mí mismo.

—Hablemos —le digo. ¡Carajo! Nunca he despreciado una causa perdida.

Camino bajo la lluvia. El frío abrazo de la tormenta me hace sentir más vivo y me ayuda a olvidarme del dolor en mi costado, así como del recuerdo de Casandra Córdoba. Me alienta saber hacia dónde dirigir mis pasos. Después de tantos días de incertidumbre, es un alivio. Llevo mi mano a la medalla de San Judas Tadeo. La acerco a mis labios para darle un beso. No necesito ser un creyente, he visto el más allá. Es tiempo de devengar mi salario, aunque sólo haya cobrado una parte con sexo sórdido en una tarde lluviosa. Queda una cuenta pendiente, pero ya llegará su momento. Ya iré cobrando mi estipendio, tocará hacerlo a plazos, pero el Diablo me dará su pago.

CRISTIAN RODRÍGUEZ
(San Luis, 1984)

Estudió Periodismo en la UNAH-VS y ha ejercido esta labor en distintos medios nacionales e internacionales. Publica la columna "Trago es trago" en la revista *Tercer Mundo*. Su cuento en este libro es "La volea perfecta", que forma parte de un volumen de relatos en preparación, y en él se combinan el periodismo (la profesión del autor), con la violencia, el humor, el amor y el absurdo, un cóctel bastante común en Honduras.

LA VOLEA PERFECTA
Cristian Rodríguez

La fotografía de un cadáver en un periódico provee madurez a sus lectores, sobre todo si se trata del cadáver de un futbolista. La mirás y, de un modo u otro, te hace sentir competente para lo que sea. El instante preciso en que llegás a esa página sin duda es el mejor del día. Sólo es una idea, lo sé, quizás una manera particular de concebir el periodismo. Hay muchas otras, como la que tenía el director del diario deportivo *La Volea*.

El director
Ernesto Augusto Fuentes era un hombre pálido y flacucho con pinta de caminante blanco. Por las mañanas, a eso de las diez y media, entraba en la Redacción con semblante amargo y se encerraba en su oficina a hundir la cabeza entre los brazos, mirando la puerta de reojo por si alguien osaba abrirla a traición. Fuentes, un tipo venido del interior del país, tenía una hermosísima particularidad: detestaba las primicias. Siempre que un reportero volvía de la calle con una entre manos, sabía que debía persuadir a

Fuentes para publicarla. En casos así el director sacaba un monóculo que debió de pertenecer a algún antepasado suyo, lo enganchaba en su ojo derecho y minuciosamente escaneaba de pies a cabeza al reportero. Cuando el reportero (Julián, digamos) terminaba su emocionado informe previo a la redacción de la noticia, Fuentes abría la boca y empezaba casi a tartamudear.

—¿Est... estooo... esto que me traés... loooo tiene algún otro periodista?

—Por supuesto que no.

—Pues vaya chambita.

El director Fuentes sólo decía "vaya chambita" en dos circunstancias: cuando había que hacer café en la percoladora y cuando a *La Volea* se le presentaba la oportunidad de sacar una primicia. Parecía perturbarle el solo hecho de pensar que su diario podía publicar una; su anhelo quizá era informar únicamente de noticias que sus lectores ya conociesen; no quería abrumarlos, se complacía con mostrarles una realidad evidente y sosegada. Tampoco se trataba de un lacayo del poder, ni su hastío tenía que ver con sentirse obligado a descolgar el teléfono cada vez que alguien llamaba; Ernesto Augusto Fuentes simple y sencillamente aborrecía la actualidad. Cada suceso relevante que ocurría en los partidos o los entrenamientos de los equipos avivaba su angustia. Permanecía atrincherado en su oficina, con la radio, el televisor y los muebles acumulando polvo, extasiado en la contemplación de rimeros de papeles casi a punto de enmohecer, llenando crucigramas y vigilando a través de una ventanita por la que averiguaba si aún era de día. Cuando llegaba a sus manos algún documento conteniendo una noticia, Ernesto Augusto Fuentes respiraba hondo y tragaba en seco para no ofenderse.

—Me decís que estuviste toda la semana confirmando el supuesto interés de los Astros en contratar al Zarco Rodríguez como entrenador.

—Sí, licenciado.

—¿Y quién te dio permiso?

Tras conceder a regañadientes la autorización centraba sus esfuerzos en idear un modo de que al día siguiente la noticia no apareciese en primera plana.

En el periódico llegó a ponerse de moda la expresión "a Fuentes", que se empleaba cuando un informante contactaba con alguien de la Redacción para hacerle saber de un suceso, o cuando un periodista regresaba de cubrir la conferencia de prensa de algún equipo. "A Fuentes" indicaba el jefe de redacción, Ávila, con el tono de voz de quien anuncia la entrada en vigencia de un toque de queda. Comenzó a circular el rumor de que los siguientes en ser despedidos por la restructuración de personal en el periódico serían los que divulgasen noticias, y eso provocó que los reporteros las evadieran como majaderos. Se movían de sus hogares al periódico por calles poco concurridas, no contestaban el celular, y cuando alguien se les acercaba con intención de contarles algo corrían despavoridos.

Aún hoy se recuerda la mañana en la que Fuentes citó a sus dos jefes de redacción, Ávila y Girón, en su oficina. Girón, al contrario que Ávila, era considerado una especie de gurú del periodismo deportivo en la ciudad, un tipo rastrero y sin escrúpulos al que detestaba todo el gremio.

Ambos aguardaban sentados y con inquietud lo que Fuentes estaba a punto de decirles.

—Okey —dijo el director, terminando de esculpir los pormenores de un plan superlativo. —A partir de ahora vamos a publicar semanalmente un segmento de los jugadores más guapos de la Liga. Nuestros lectores también tienen derecho a saber eso y estoy convencido de que les va a encantar.

Girón contuvo su furia y a la desesperada intentó disuadirlo: "¿Y entonces qué hacemos con los rumores del cese del Güero Fernández del banquillo de los Astros?". Pero Fuentes ni le prestó atención. Tenso y con manchas de sudor en los sobacos, continuó hablando con evidente nerviosismo.

—Ya saben que los lunes en la contraportada sacamos la tabla de posiciones y la lista de los diez máximos goleadores del torneo. Pues ahora también vamos a incluir un *top 5* de los jugadores más guapos. Lo haremos cada jornada hasta que sólo queden los feos. Podríamos hacerlo por equipos o por nacionalidades, pero no sé si realmente valdría la pena. Cuando son guapos, a los lectores, sobre todo si son mujeres y maricones, les importan una mierda esas cosas. Tampoco es que somos como la liga sueca…

La Volea funcionaba como una máquina perfectamente calibrada. Cuando uno lo leía daba la impresión de que Fuentes estaba viviendo en un mundo hecho a su medida. Lo más osado que solía hacerse era entrevistar al día siguiente de los partidos a los amigos y los vecinos del jugador que había sido la figura de la jornada para publicar un reportaje a doble página. Las pendejadas dichas por gente pendeja hacían feliz al director, que cuando llegaba al periódico se lo notaba menos pálido. "Quedó buenísimo el reportaje", decía. "A lo mejor hoy hasta seamos *trending topic* en Twitter".

Todos en la Redacción se preguntaban quién asumía los costos de mantener en operaciones aquel disparate que apenas vendía unos trecientos ejemplares diarios en todo el país. *La Volea* se había fundado catorce años antes y durante los primeros meses el director y sus subordinados recibían asesoramiento de tres colombianos misteriosos que se habían instalado a vivir en el piso de arriba del edificio y a quienes apenas se los veía unos minutos por las mañanas. Caída la noche, cuando Julián apagaba su computadora y se dirigía hacia la salida zigzagueando entre mesas repletas de fotocopias y tazas con sedimento de café, se decía a sí mismo que aquello no era un periódico sino una noticia en sí misma, pero no había nadie con el valor necesario para ir a contársela a Fuentes. Durante el día se oían arriba los pasos de los colombianos, andando de un lado a otro como ratones, un director en estado permanente de espanto y una sala de redacción que había asumido que su verdadera labor consistía en ser la oficina más desinformada del país.

La cartulina rosada

El periódico de Ernesto Augusto Fuentes, pionero en evadir noticias, estaba situado en la segunda planta de un edificio beige de los años cincuenta en el centro de la ciudad. Al ser muy buena la vista desde su oficina, a Fuentes le gustaba abrir la ventanita mientras tronaba los dedos de su mano derecha sobre el escritorio, como si esperase ser testigo de algo parecido a la tragedia de Heysel. En ese caso a nadie hubiese extrañado que, de suceder algo así en San Pedro Sula, Fuentes decidiera publicarlo en las últimas páginas con la excusa de que ya había ocurrido un hecho similar hace 35 años.

Julián había llegado a trabajar ahí por desamor, que es como normalmente uno acostumbra aprender ese tipo de oficios caídos en desgracia. Cuando su novia lo dejó empezó a enviar *emails* cada día al periódico, denunciando todo tipo de cosas y opinando sobre lo que fuera. Estaba resuelto a que si ella no le prestaba atención, al menos lo haría el director de *La Volea*.

Tiempo atrás, cuando estudiaba bachillerato en el Instituto Renovación, Julián había sido testigo de cómo Ramón Vindel, con el corazón hecho trizas, amenazó con tirarse desde el balcón de su apartamento situado en un tercer piso, mostrando una cartulina rosada que decía: "Martita Murillo, siempre te recuerdo". Martita Murillo no se interesó por él nunca en la vida, pero aquel amago de suicidio no hubo quién lo olvidara. Cada mañana decenas de estudiantes ingresaban al instituto donde estratégicamente podía leerse "Martita Murillo, siempre te recuerdo" en el portón de entrada. Estudiar importaba bastante menos, entraban al aula radiantes. Aún se desconoce si también Ramón Vindel, pero al cabo de quince años ninguno de ellos había olvidado a Martita Murillo.

Los correos electrónicos que Julián enviaba a *La Volea* eran algo así como un "Martita Murillo, siempre te recuerdo". Hasta cuando se refería al deplorable estado de las graderías del estadio Morazán estaba hablando de ella ("cualquier aficionado podría dañarse un tobillo durante la celebración de un gol").

Martita Murillo era una chava rosada, de ojos saltones y pómulos grandes como montículos. Se tapaba la boca cuando reía, del mismo modo que los jugadores de fútbol cuando hablan entre ellos durante los partidos. Julián la había conocido en La Cava, un bar famoso porque los viernes y sábados regalaba un cubetazo de cervezas a quien hubiese asistido a todos los conciertos de black metal programados ahí durante el mes. Él tenía 19 años y ella, 18. Los viernes se besuqueaban en la intersección de la 6 Avenida y la 2 Calle, delante de los taxistas que la transportaban hasta el barrio elitista donde ella vivía.

La relación quedó formalizada la primera vez que Julián fue a buscarla a la salida del colegio. Martita y él sabían que aquello significaba algo aún más serio que presentarse a sus padres. Salió con su falda gris y cubayera amarilla, la melena castaña, suelta y rizada, como lombrices en estampida. Hizo una melé con sus amigas ("¿Y qué tal te trata? Ay, esperá, que me vea platicando un ratito con ustedes para que no crea que estoy desesperada por ir a besarlo") y después se fue con él. Julián recordó tan bien aquel andar vacilante de Martita que al cabo de varios años aún creía que sus pasitos seguían yendo hacia él provenientes de algún lugar. Pararon en un *carwash* a beber una Mirinda y a él le latía tan deprisa el corazón que preguntó al dependiente dónde estaba el baño y corrió hacia allá con las piernas temblorosas; echó el seguro al llavín y mirando las láminas del techo, suspiró: "Qué tendrán las mujeres para que yo me ponga así, qué putas tendrán…".

La relación duró dos semanas. Después, todas las ilusiones en las que Julián la había involucrado cambiaron de objetivo: se trataba entonces de que ella volviese a su lado. Él iba a ser alguien importante y respetado. Escribiría correos electrónicos al director de un periódico. Todos los lectores sabrían quién era y qué era capaz de hacer. Detrás de cada queja por la reprogramación de partidos habría una prueba de su enorme amor por Martita.

Una mañana ella lo encontró en cuclillas, bajo el almendro que había frente a su casa, con un ramillete de flores tan grande que apenas se le advertía la cara.

—¿Y ahora qué querés?

—Mirá qué abandonada tienen la canchita de tu barrio. Voy a enviar un correo que se van a cagar los del INMUDE. Con lo delicada que es la gente que vive aquí.

Esa labor de ciudadano comprometido de Julián hizo que Martita constatase su obsesión por ella. Ella le devolvía el cumplido con un desprecio sublime. Si Julián hubiese ganado el Pulitzer, Martita lo habría denunciado por acoso.

Luego de tantos correos electrónicos, llamaron a Julián de *La Volea*. Al principio creyó que era para hacerle algún reclamo. Pero fue su desinterés por la actualidad deportiva lo que había fascinado a Fuentes, que decidió citarlo en su oficina. Estaba "admirado", dijo el director, por la suficiencia con que Julián podía relatar situaciones tan normales. "El mal estado de alguna cancha, los tacos rotos de algún árbitro…", enumeró. Era un rasgo de primer nivel.

—En este periódico pasamos ciertos apuros para cubrir algunas páginas, sobre todo cuando no hay partidos de Liga. Realmente es un trabajo colosal, casi tanto como el de cubrir camiones.

Julián quedó aturdido con semejante comparación. Fuentes era un individuo de metáforas bastante raras. Quiso borrar la imagen del director encima de un camión pero fue incapaz durante los primeros veinticinco días. Para él, Fuentes, sin conocerlo en absoluto, era un ídolo.

—Te gusta escribir.

—Sí, señor.

—¿Y qué te parece si hacemos algo con ese gusto tuyo?

—No le entiendo.

—Te digo que necesitamos a un redactor. Alguien que se encargue de los temas intrascendentes. De que publique cosas incluso cuando no ocurra nada fuera de lo normal —dijo, como confiándole un secreto.

Lo escoltó hasta la entrada, observó la sala con mirada de lince y se volvió a encerrar en la oficina. Apenas se giró y todos dejaron de simular que no estaban haciendo nada y siguieron trabajando.

El murmullo

El hecho ocurrió a mediados de abril. Sonó el teléfono a las dos y pico de la tarde. Julián estaba de turno y en su oficina el director Fuentes intentaba resolver un crucigrama.

Decidió contestar él mismo el teléfono del susto que le dio el timbre. El que llamaba a lo mejor se vio sorprendido porque le contestasen tan deprisa y colgó sin decir nada. Julián oyó a Fuentes decir "¿aló?, ¿aló?" y después colgar resoplando. Se había levantado de la silla, respiraba agitadamente. La espesura del aire bien podía cortarse con un cuchillo.

Sonó de nuevo el teléfono. Fuentes desafió al aparato con la mirada; aquello parecía un asunto personal. Se acercó y con toda la serenidad del mundo, descolgó. Sus manos estaban sudorosas y frías.

—¿Hallaron el cadáver de un jugador del Espartano?

Julián observó a Fuentes acariciar su barbilla, como si acabara de enterarse de que los muertos no comen.

—¿Por qué supone usted que podríamos estar interesados en algo así?

—Ehhh…

—Esto es un periódico serio, así que deje de joder.

Y colgó del mismo modo que acostumbraba colgarle a su mujer. Volvió al crucigrama levantando el bolígrafo con repulsión, como si de un gusano se tratase.

El teléfono sonó una vez más, pero entonces Julián reaccionó con más rapidez. Quien llamaba era José Cantillano, un policía amigo de Girón. El agente se encontraba en la conflictiva colonia Panting, muy cerquita de Chamelecón, un lugar aún más infame. Allí habían hallado a otro futbolista muerto, esta vez del modesto club Pinares, de tercera división.

Los reporteros ya habían diseñado un plan para ese tipo de situaciones. Cuando había varios de ellos en la sala, uno entretenía al director para que otro escapara con la grabadora y la libreta de los apuntes. Julián se escabulló entre sus compañeros, sigiloso como un gato. Pero cuando estaba a punto de cruzar la puerta, escuchó la voz del director gritando su nombre. Se giró. Fuentes avanzaba como un protagonista de película de terror, horrorizado en medio de la noche.

—¿A dónde creés que vas?

—Hallaron muerto a Jesús Ventura, del Pinares.

—¡¿Acaso no ves que ya es tardísimo?! —espetó.

Sin embargo, el director dispuso subirse al carro y acompañar a Julián. Por la determinación con que lo hizo daba la impresión de estar dispuesto a revivir al muerto para continuar con el crucigrama.

Ver a Fuentes fuera del periódico significaba un hecho sin precedentes y eso acrecentó los nervios de Julián. Su jefe, en cambio, no demostraba tener ninguna prisa, y cuando pasaron frente a Café Versailles decidió que debían bajarse a tomar un capuchino y leer *La Volea*. Afortunadamente, el frescor de la tarde ayudó a que Julián se relajara: ahí afuera había un mundo apacible por el que todos peregrinaban despacito, sin sobresaltos. De vuelta en el carro, a Fuentes se le oía susurrar mientras pasaban frente al Monumento a la Madre.

Ya en la escena del crimen, a la que apenas asistía un puñado de curiosos, Julián se tomó el tiempo para sacar su teléfono, activar una *playlist* y buscar el mejor ángulo para hacer unas fotos y divulgar la noticia en las redes sociales del periódico. Se fijó en la ubicación del sol, procurando un fondo apacible. Ese ritual lo había aprendido de Girón, quien en ocasiones, cuando la suerte de llegar primero se lo permitía, colocaba cerca del muerto una botella de aguardiente y dejaba una carta de suicidio, exactamente la misma cada vez. En esos días la Policía incluso llegó a montar un operativo especial para capturar a un asesino en serie.

Al comprobar que el cadáver no era tan pesado, Julián lo desplazó varios metros hasta donde había un bote de Resistol. Consideró apropiado que "el Zurdo" Ventura muriese de inhalar pegamento y pensó que Fuentes daría su consentimiento. No era tan imaginativo ni tan fuerte como Girón, que a veces se tomaba la molestia de ir a tirar los cuerpos a la acera de la posta policial más cercana y dejando sobre ellos una nota escrita con jerga sinaloense.

Aquello se trataba de arrastrar cuerpos, pero, ¿acaso el periodismo no consiste precisamente en arrastrarlos, ya sea muertos o vivos? En San Pedro Sula eso era el pan de cada día. Las páginas debían llenarse a como diera lugar, así que *La Volea* se producía con noticias inventadas. Los sucesos eran como un poco de barro que los periodistas moldeaban a su antojo. A Julián le fascinaba ese periodismo. Fuentes, mientras tanto, contemplaba perezosamente el suceso dando paraditas a una piedra. Consideraba un descaro que ocurriese algo así a esa hora, pero se convenció de que aún había tiempo de impedirlo. "Si somos inteligentes", explicó, "podríamos hacer que todo esto acabe siendo sólo un murmullo".

—No ha habido muchos futbolistas muertos por inhalar pegamento en los últimos años —dijo—, así que no vamos a hacer morir a este jugador por dengue o por chikunguña, porque de eso mueren todos.

—¿Qué sugiere?

El sol les daba de frente. Fuentes comenzó a pensar de forma muy lúcida e ideó un plan.

—Tenemos que hablar con fundaciones que ayudan a la gente a rehabilitarse para estar completamente seguros de que ya hubo otros futbolistas muertos recientemente por la misma causa, pero hay que tratar de que no sean demasiados para que no cunda el pánico por el pegamento, porque yo sé que a ustedes les fascina eso de alarmar a la gente por cualquier babosada. Asegurémonos de que Ventura creció en la precariedad. Es fundamental hacer creer a los lectores que el tipo era pobre, muy pobre; si lo hacemos bien, ésta será una historia que los lectores olvidarán fácilmente. Interrogá a todos los zapateros que encontrés; no deben quedar cabos sueltos. Con un murmullo de este tipo —agregó— no puede uno conformarse con una o dos fuentes: hay que conseguirlas todas. La noticia será un ventarrón y más pronto que tarde desaparecerá, nadie hablará de ella.

A lo lejos vieron venir un carro de la Policía. Fuentes volteó a ver una vez más al muerto y al Resistol.

—Y menos mal que era un futbolista de tercera y no un puto músico de 27 años.

El enfoque

José Alejandro Cantillano, descendiente directo de una estirpe de agentes policiales de San Pedro Sula, nunca había estado en una situación similar. Algunos periodistas, con los que había desarrollado cierta amistad, le llamaban "Canti". Presumía que de pequeño había tenido en casa una boa constrictor que su padre sustrajo del allanamiento a la mansión de un narcotraficante de la zona, y que siendo adolescente fue goleador de la Liga Juvenil de la ciudad, y esa condición de joven promesa del fútbol le posibilitó tener un noviazgo con una chica a la que conoció mientras el equipo posaba para las fotos flanqueado por dos edecanes de una marca de harina. Como consecuencia de esa vida llena de serpenteos se reinventó como agente policial. Al principio alternaba su trabajo con la publicación de videos en Youtube, en los que demostraba estar siempre al tanto de la actualidad. Tuvo suerte y rápidamente ganó famita, a tal punto que durante un tiempo se presentaba no como agente del orden sino como *youtuber*, hasta que un día se enteró de eso su padre, el subcomisario Cantillano Teruel, al que la noticia, dicen, le provocó un infarto.

Canti, a quien siempre le sudaban la frente y el cuello, se sorprendió al ver el cadáver del joven futbolista. Parecía que conocía al muerto. Aunque lo sospechó un instante, Julián no supo adivinar qué grado de amistad les unía porque el agente sudaba tanto que era imposible determinar si era que estaba llorando. Pensó pasarle la mano por el cachete, para comprobarlo, pero recordó que había tenido una serpiente enorme como mascota y eso lo disuadió.

—¿De qué pudo haber muerto, Canti? —preguntó Julián, tratando al policía con respeto. De pronto sintió la respiración de Fuentes en el cogote:

—Dejá de preguntar tanta babosada.

El agente agudizó la mirada y miró al horizonte hasta que finalmente ejecutó algunos movimientos de manual. En ese instante todos contuvieron el aliento. El policía se llevó las manos a la cintura y dio una vuelta alrededor del cadáver. Se aproximó y le olfateó la camisa: parecía estar a punto de morderlo. Indagó con la mirada no se sabe exactamente qué y siguió caminando de un lado a otro, conjeturando. Se dirigió luego hacia donde estaban los periodistas. Daba la impresión de tener un balance preliminar de lo acontecido. Pero de repente sucedió algo difícil de explicar. El agente de policía José Alejandro Cantillano calculó mal su propio peso, inclinándose excesivamente hacia su izquierda e intentando torpemente revertir la inercia hacia la pierna contraria; eso hizo que la gravedad lo jalara con tanta fuerza que se tambaleó de forma aparatosa y cómica. Procurando no caer, apoyó su pie en la pantorrilla del cadáver y se oyó un crujido tan escalofriante que incluso Fuentes pareció ponerse a llorar.

El hueso roto les dolió a todos, pero mucho más al muerto, que pegó un grito que se oyó hasta en los barrios adyacentes. Cantillano, que fingía que no había ocurrido absolutamente nada, con esa serenidad tan propia de los hombres torpes que solventan sus contratiempos, dijo:

—Pude analizar detenidamente el contexto de la situación y creo que lo mejor es llamar al 911.

—Sabía yo que era una tontería pensar que a estas horas pudiera morir alguien —resopló Fuentes.

—Pero oficial Can...

—Si este cipote está vivo —interrumpió Cantillano— se dice y punto. No pasa nada. Eso también es noticia.

Se recostó, agotado, al lado de un basurero. El difunto había vuelto a un estado somnoliento, aunque ya con una extremidad atrofiada.

Fuentes parecía aliviado. Aquello había trastocado sus planes. Julián, en cambio, tenía otros más personales: convertiría su relato de los hechos, del mismo modo que hacía con sus correos al director, en una declaración de amor a Martita Murillo. Iba a ser la definitiva: se sentía preparado para escribir y reconquistarla. Volvería con su exnovia, tendría con ella muchos hijos, se haría adicto a las musflex y escribiría su autobiografía para que Fuentes hiciese el prólogo.

—Lo he pensado mucho y creo que haré algo distinto con mi carrera —dijo a Fuentes.

—Ese joven sigue vivo. Mejor vayámonos de aquí, por si a Cantillano se le ocurre caerle sobre la cabeza.

Canti quedó esperando que llegara la ambulancia. Camino al periódico Julián preguntó a Fuentes qué enfoque debía darle a la noticia.

—¡Qué enfoque ni qué mierda! —gritó.

Si inicialmente la noticia hubiera alcanzado para una breve —pensó Julián—, ahora podría dar para un reportaje a doble página. No precisaba más, esa podía ser una oportunidad inmejorable.

—La imagen de un futbolista echándose una siesta al aire libre después de haber comido y fumado algo de hierba es verdaderamente relajante —sugirió.

—Mejor contacte a ese policía y que le diga cómo fue que revivió. A lo mejor, pese a todo, sí exista una noticia de mierda que valga la pena que la gente sepa.

GIOVANNI RODRÍGUEZ
(San Luis, 1980)

Es profesor de literatura en la UNAH-VS desde 2012. Ha publicado varios libros de poesía, dos de cuento y una recopilación de artículos titulada *Café & Literatura* (2012), además de las novelas *Ficción hereje para lectores castos* (2009), *Los días y los muertos* (2016) y *Tercera persona* (2017). Ha obtenido varios premios nacionales e internacionales, entre ellos el Premio Centroamericano y del Caribe de Novela "Roberto Castillo" 2015. Publica la columna "Lo demás es ficción" en la revista *Tercer Mundo*. Su cuento incluido en este volumen es "Los últimos días del *sugar daddy*", de su último libro, *Teoría de la noche* (2020), que presenta la historia de un profesor divorciado y mujeriego a punto de jubilarse que suele estar siempre en el lugar y en el momento más propicios para una muerte violenta.

LOS ÚLTIMOS DÍAS DEL *SUGAR DADDY*
Giovanni Rodríguez

¿Es posible tomarse a la muerte con humor? ¿A la muerte que llega por cualquier lado y en cualquier momento? ¿Es posible tener consciencia de que la muerte aquí es algo inmediato, incluso si no la buscamos, y a pesar de eso, reírnos de ella, con ella, con indiferencia o actitud retadora? Esas eran las preguntas que Nelly, la hija de L., se hacía continuamente, como un ejercicio que le permitiría, pensaba, acercarse más a la comprensión del hecho de que en adelante tendría que soportar la ausencia de ese padre con el que creció y que aun sin haberlo tenido en casa durante los últimos años, fue, más de lo que había sido su madre, decía, su apoyo permanente.

La historia que me propongo relatar quizá no responda a esas preguntas que Nelly se formulaba a sí misma y que, durante los últimos días de mi relación con ella, me formulaba a mí, quizá con otras palabras, pero al menos servirá, espero, para intentar desentrañar la naturaleza de nuestra separación, que, supongo, no se habría producido de no haber ocurrido lo que ocurrió con su padre.

Después de alternar dos trabajos durante buena parte de su vida, L., el padre de Nelly, a quien muchos conocieron sólo como "El Profe", jubilado hacía dos años del sistema público, planeaba dirigir durante sólo un año más el colegio privado de jornada nocturna que había fundado, junto a otros tres socios, hacía dieciséis años, para después, me dijo Nelly que le había referido su padre en varias ocasiones, dedicarse a hacer producir la finca de café que tenía casi abandonada en el pueblo de occidente en el que había nacido.

Sus padres se divorciaron cuando Nelly tenía sólo cinco años, pero, aunque el matrimonio había acabado de la peor manera, me dijo alguna vez Nelly que le contó su madre, con el hartazgo de la señora por las infidelidades del marido, no hubo nunca necesidad de entrar en pleitos legales y ambos convinieron que Nelly se quedara con su madre y que L. podía ver a su hija siempre que quisiera sin restricciones de ningún tipo.

L. tenía sesenta y dos años y era lo que los jóvenes llaman un "*Sugar Daddy*", me había dicho Nelly en alguna de esas ocasiones en que hablaba de su padre. Yo le había pedido que me explicara qué era exactamente un "chugar dari" y entonces ella me habló de lo guapo y bien conservado que era su viejo a la edad de ella y que, a pesar de que ella le reprochaba "esa detestable costumbre" de saltar de una relación a otra, generalmente con "putillas bajadoras", él parecía no concebir otro modo de ir por la vida que no fuera el correspondiente a su idea de hombre exitoso, adinerado y capaz de despertar las pasiones incluso de las mujeres más jóvenes y aparentemente inalcanzables.

El viejo era un donjuán y tenía un gran sentido del humor; eso lo pude comprobar desde que Nelly me lo presentó, previa advertencia, para después reírse de mí, de lo difícil que era su padre y de la idea que tenía acerca del hombre que se atreviera a pretender a su hija. Lo mío, entonces, era un atrevimiento.

Durante el último año L., me dijo Nelly, cayó en una racha peligrosa: primero fue el muerto del bar adonde había llegado una noche con la intención de gastar las dos horas que faltaban para ir por ella a la casa de una de sus compañeras de universidad; después, los dos muertos de la cancha de fútbol a la que fue para disfrutar de una agradable tarde en compañía de sus vecinos; y por último, los tres muertos en ese merendero llamado extrañamente "Carnitas El Sicario", en donde una noche, camino a su casa tras salir de su trabajo, decidió comprar una carne asada para no verse obligado a recalentar la cena que la señora de servicio le había dejado en el microondas.

Es fácil pensar en la mala suerte y echarle la culpa de que tales episodios llegaran a suceder en presencia de L., pero habría que precisar algunos detalles para esclarecer el panorama de lo que sucedió en esas tres ocasiones. Es urgente mencionar, por ejemplo, que L. padecía dos adicciones: el alcohol y las mujeres, y ambas estaban presentes de jueves a sábado en aquel bar de la colonia en donde los vecinos solían llegar por unas carnitas y del que salían casi siempre, además, me dijo Nelly, con unas cuantas cervezas, y estuvieron presentes también en las tres fatídicas ocasiones que ahora trataré de reconstruir según lo que Nelly me contó y según lo que el propio L., con su ánimo festivo de siempre, relataba a todos modificando las versiones según cuántas cervezas hubiera ingerido, y según también lo que cualquiera que lo conociera hubiera leído por aquellos días en los diarios que recogieron las noticias.

La verdad es que al bar de la primera vez L. había entrado, más que a gastar las dos horas que faltaban para ir a recoger a su hija, sólo con la intención de regodearse en la vista de aquella mujer exuberante y sensual que lo regentaba, una mujer que, decían, era capaz de acostarse con cualquiera, siempre que ese cualquiera ocasional le gustase lo suficiente. Y L., que hacía mucho tiempo había dejado de ser joven y ya no tenía aquellos rasgos físicos de su juventud setentera, cuando lo consideraban "el terror de las cipotas del pueblo", como él mismo repetía sin cansarse, confiaba en esa personalidad que ahora, al inicio de esa nueva etapa llamada "tercera edad", le había permitido obtener, casi de manera gratuita, los favores sexuales de unas cuantas mujeres jóvenes, la mayoría alumnas o exalumnas del colegio en donde trabajaba.

Había escogido L., para sentarse esa noche y dejar pasar las horas, un butaco frente a la barra, desde donde tenía a mano a la mujer, y ahí, justo a su lado, había llegado también a sentarse, muy probablemente para disfrutar igual que él de la cercanía de la mujer ya mencionada, un tipo chaparro que, tras pedir una cerveza, colocó a su izquierda dos muletas y enfrente, sobre la barra, una billetera gruesa. Dos comentarios, uno sobre lo "heladitas" que estaban las cervezas y otro sobre lo "sabrosa" que parecía la mujer, fueron lo que compartió el chaparro de las muletas con L. Luego fue el sonido de un disparo, que le tapó los oídos, el golpecito casi simultáneo y sin querer de un codo sobre su parietal izquierdo, los demás disparos, el humo, el olor de la pólvora, los gritos y un caos que le deparó encontrarse de pronto en el piso del bar, que olía a esa mezcla típica de cerveza y aserrín, boca abajo, tapándose la cabeza y un instante después, apartando sillas y mesas para salir lo más pronto posible.

Los diarios del día siguiente hablaron de un asesinato por venganza en contra de un fulano que ya había sufrido un atentado meses atrás; al parecer esa muerte era consecuencia de otras muertes. Ninguno mencionó testigos; al parecer todo estaba más o menos claro. L.

entonces pudo sentirse más tranquilo, me dijo Nelly, quien sólo había accedido, a través del testimonio de su padre, a los detalles puntuales, pero que su madre, me dijo, había sido lo suficientemente suspicaz para averiguar o determinar, no lo sabía Nelly con certeza, que la presencia de L. en aquel lugar no se debía únicamente a las cervezas sino también a la mujer que las servía.

En poco tiempo aprendí a conocer cómo era la relación de Nelly con su padre. De parte de ella era una mezcla de amor, devoción, rabia y recriminación, manifestada, independientemente de cuál de esos sentimientos prevaleciera, en un indefectible apego que la llevaba a llamarlo por teléfono en cualquier momento y a caerle sin avisar en su casa o en el colegio que dirigía por las noches. De parte de él, amor, tolerancia y una inclinación a aceptar como válido todo lo que su hija decidiera respecto a la vida de cada uno de ellos por separado, pero también respecto a su relación de padre e hija. El humor de L., que yo había conocido desde el día en que, nerviosísimo, Nelly me presentó ante él, era, quizá, lo que a él le permitía conducir aquella relación de una manera inmejorable. Las inexistentes restricciones del padre a la hija hacían que Nelly acudiera a él con la certeza de encontrar siempre el apoyo que necesitaba, ya fuera para decidir la carrera en la que se matricularía en la universidad, para usar determinado tipo de ropa, para asistir a determinadas fiestas con sus amigas o para la elección de una pareja en el amor. Yo, veía en el viejo, más que a un suegro, a una especie de cuñado ideal, de los que, sin perdernos de vista, están con nosotros en las buenas y en las malas. De vez en cuando gastamos en algún bar las horas que duraban las fiestas o las reuniones de Nelly con sus amigas o compañeras de la universidad, y en esas ocasiones, las bromas y la complicidad hacían de nosotros una pareja de lo más inusual, que más transmitía la idea de un vínculo anacrónico casual que de la efectiva relación entre un suegro y un yerno. La madre de Nelly, que en principio me había aceptado sin demasiadas trabas, pronto empezó a verme como una mala elección de su hija; asumía que la buena relación que yo mantenía con el viejo no tenía otro fundamento que el derivado de esa "ligereza", como la había definido ella, según me dijo Nelly, con la que su exmarido se tomaba todas las cosas importantes en la vida. Con alguien así, llegó a decirle su madre a Nelly, acabarás desperdiciando, como yo, unos buenos años de tu vida.

La tranquilidad es momentánea en personas como L., a quien poco después veríamos en un campo de fútbol en la misma posición que en aquel bar al momento de los disparos: boca abajo y cubriéndose la cabeza. Esta vez los disparos fueron con ametralladora y L. no dudó en tirarse al suelo al oír la primera ráfaga. Segundos antes habían bajado de una camioneta sin placas y vidrios polarizados varios tipos vestidos de policías y armados con fusiles AK-47, con chalecos antibalas y cubiertos sus rostros con pasamontañas. Eran seis, refirieron algunos testigos, más el conductor de la camioneta que los esperaba, y uno de ellos se acercó al grupo que, entre cervezas y carnitas asadas, departía a la orilla de la cancha como casi todos los domingos. "Éste no es lugar para consumir alcohol", les dijo, y, con voz autoritaria, ordenó que se retiraran. Algunos se dieron la vuelta y empezaron a caminar, pero los dos vecinos por quienes llegaron los tipos de la camioneta no se movieron de su sitio, como sabidos de lo que les esperaba. Y entonces fue la primera ráfaga, que obligó a L., ajeno a la escena principal, a unos cinco metros de distancia, y a otras treinta personas a tirarse al suelo para protegerse de un impacto de bala. Luego la segunda ráfaga, el sonido del motor de la camioneta acelerando y los primeros gritos de la mujer de uno de los dos vecinos acribillados.

La información en los diarios y los noticieros coincidía en casi todos los aspectos, excepto en el de la ocupación de uno de los asesinados: comerciante, decían unos, usurero, decían otros. L., que conocía de vista a ambos, se limitaba a decir que lo más probable es que "andaban en malos pasos". Después, rememoraba las sensaciones experimentadas en aquel momento, riéndose de sí mismo, de su miedo y también de su suerte, y destacaba, entre los hechos relatados, los detalles que pudieran servir para la comedia y la risa, como el pantalón mojado de orines de uno de los vecinos al levantarse del suelo o la forma en que otra vecina, gorda y sudorosa, hipaba y se aferraba a su marido, flaco y chaparro, mientras éste trataba de calmarla. Cuando se le preguntaba cómo se había sentido él, hablaba de la expulsión impune de un ventoso atronador que, sin embargo, nadie más que él había oído. Luego se tiraba una carcajada, que contagiaba a todos en aquel bar de vecinos.

Ni tres meses habían transcurrido desde aquella tarde violenta en el campo de fútbol de su colonia cuando una noche el director de colegio nocturno, pensando quizá en hacer algo de tiempo mientras se disipaba el tráfico hasta su casa por el Bulevar del Norte, detuvo su carro casi justo frente a la puerta de entrada de ese establecimiento de nombre ominoso y terrible que ya he mencionado: "Carnitas El Sicario", y pidió un plato de carne asada con frijoles, queso y tajadas de guineo verde. La muerte suele llegar cuando uno menos se lo espera y en el lugar menos pensado; una reflexión de este tipo habría bastado para hacer reconsiderar a cualquiera su intención de entrar a un lugar como éste en el que L. se disponía a cenar, pero no era L. de los que reparaban en ese tipo de minucias; es más, se jactaba de estar acostumbrado a frecuentar ese tipo de lugares sórdidos que, lejos de cualquier cosa que pudiera decirse de ellos, opinaba, ofrecían la posibilidad de estar en contacto con el pueblo, con la gente más auténtica del país.

Tres tipos encapuchados entraron a tiempo para impedirle a L., ubicado en una mesa de esquina desde donde podía observar las vueltas de la mesera, meterse en la boca el primer bocado de su plato, que había preparado minuciosamente sobre un tenedor con la ayuda de un cuchillo de mesa justo después de terminarse la primera de al menos tres cervezas que pensaba tomarse para acompañar la cena. El anfitrión, que identificaré sólo como B. T. M., de treinta y seis años, más conocido como "El Sicario", una menor de edad no identificada por la Policía, que trabajaba ahí como mesera, y un cliente de aproximadamente cuarenta y cinco años, calvo y tatuado en los brazos y en el cuello, tampoco identificado porque no portaba documentos, fueron las víctimas mortales, según informaron al día siguiente los noticieros y los diarios. Ninguno de esos medios de comunicación mencionó la presencia de testigos al momento del triple crimen, pero hemos de saber que L., al escuchar la primera detonación, se lanzó de pecho al piso y se mantuvo ahí, experto ya en esos casos de supervivencia urbana en el Tercer Mundo luego de varios episodios parecidos, hasta que sólo hubo silencio en el establecimiento y el humo y el olor a pólvora se dispersaron.

Nadie como L. podía hablar con mayor propiedad acerca de la criminalidad en la ciudad, o al menos pocos como él habían tenido la fortuna de sobrevivir a tres episodios violentos, y esto, aunado a su ya conocido sentido del humor, le había permitido incrementar su popularidad entre sus vecinos y sus compañeros de trabajo. Solían decir los evangélicos más comprometidos de su colonia, me dijo Nelly en algún momento, que todo eso por lo que L. había pasado eran "señales del Altísimo", que Dios tenía un propósito para su vida, etcétera. L. se lo tomaba con su habitual sentido del humor, y evitaba comprometerse también con la causa divina, me dijo Nelly; sin embargo, algo le habían dejado esas tres experiencias: ya no solía frecuentar lugares de reputación dudosa ni salir muy seguido con esas alumnas o exalumnas jóvenes que no se resistían a la posibilidad de recibir algún dinero o favor académico por parte de su mentor a cambio de una encamada en algún motel barato. Los días del *sugar daddy*, al parecer, habían acabado, me dijo Nelly, con un suspiro que denotaba algo de una tranquilidad que se mantenía a la expectativa. Los días de L. habían llegado a su fin, recuerdo que pensé después yo, rememorando, con mucha tristeza, la frase de Nelly, cuando supe la noticia.

Cada mañana L. se levantaba temprano para esperar el paso del vendedor de periódicos de su colonia; se sentaba en una mecedora en el *porch* de esa casa en la que vivía solo, y que había sido la casa familiar hasta antes de que compraran otra más grande en una de esas residenciales de lujo. Desde aquellos tres episodios cercanos a la muerte, saludaba a los vecinos con un entusiasmo renovado, con la certeza de que, definitivamente, estaba viviendo una nueva vida. Cuando por fin llegaba el vendedor de periódicos, compraba su ejemplar y volvía a la mecedora, buscaba las páginas con las noticias de los crímenes del día anterior y leía con inusitado interés, como si en cada historia encontrara una victoria nueva que celebrar. Así despidió a la vida una mañana: sentado en su mecedora con el diario aún sin abrir sobre sus piernas. Apenas alcanzó a repetir, en un último esfuerzo o como un último intento de ganarle algo a la vida, ese mínimo trayecto diario de la acera al portón y del portón a la mecedora. Los vecinos que pasaron esa vez frente a su casa ya no pudieron saludarlo.

Desde afuera no lograban ver las heridas de cuchillo: una en la parte baja del abdomen y otras dos en el costado derecho; sin embargo, un paro cardíaco y no las heridas, según el forense, había sido lo que le impidió seguir respirando. Nadie vio ni oyó nada, pero el vendedor de diarios no volvió a aparecerse por la colonia. Algunos llegaron a decir que una sonrisa ambigua, como la de la Mona Lisa, quedó en su cara, como evidencia de que ni en ese último momento se tomó la vida en serio. Tenía sesenta y dos años, el entusiasmo de un adolescente, el vigor sexual de un veinteañero y la alegría de un hombre que dentro de poco contaría con todo el tiempo del mundo para seguir disfrutando de la vida. Tan sólo un año faltaba para su retiro.

Acompañé a Nelly durante todo el proceso, como lo habría hecho cualquier novio, y creo que hasta recobré el crédito con su madre, quien al menos no me dedicó por aquellos días esas miradas de soslayo que me incomodaban. Nunca como entonces me sentí más unido a aquella familia y hasta llegué a pensar que quizá pronto, cuando Nelly y yo nos graduáramos, podríamos empezar a hablar de matrimonio, hijos, casa y todo eso. Pero Nelly, una semana después del sepelio de su padre, me pidió que le diera espacio y un poco de tiempo para recuperarse. Cuando pensé que la pausa había durado lo suficiente, intenté comunicarme con ella, pero no volvió a contestarme el teléfono. Su madre no me dejó entrar a la casa cuando fui a buscarla. Lo intenté también en su universidad, pero dos de sus compañeras me dijeron que no había asistido a clase durante los últimos días. Asumí que, si no había pasado nada raro, ella intentaría comunicarse, pero no sucedió, y comprendí, rabioso y triste, que la había perdido. Ocurrió, sí, algo raro, pero eso lo supe hasta dos meses después: Nelly estaba embarazada, y al parecer yo no tenía nada que ver en el asunto. Intenté hacerme creer que me sentía aliviado, que, como había hecho el padre de Nelly, yo también podía tomarme las cosas de la vida con suficiente humor, después de todo, pero no era cierto. La nuestra fue una relación de casi dos años, y yo tenía apenas veintiuno cuando el sueño del amor se volvió mierda. ¿Cómo le llamarán dentro de cuarenta años a los *sugar daddies*?

FELIPE RIVERA BURGOS
(Tela, 1968)

Estudió Letras y ha sido profesor en la UNAH y en la UPNFM. Se ha desempeñado principalmente en labores de editor de textos educativos y durante algunos años editó también las secciones literarias "Arlequín" en diario *La Prensa* y "Orbis" en diario *El Heraldo*. Ha publicado un libro de cuentos, *Para callar los perros* (2004), y otro de poesía, *Ese verde esplendor* (2006). Actualmente vive en Suiza. Su cuento incluido en esta antología es "Johnny llega a morir al bar", que apareció originalmente en su libro de 2004, y en él se narra una historia de prostitución, de amor y de venganza.

JOHNNY LLEGA A MORIR AL BAR
Felipe Rivera Burgos

I

El alto día de invierno se vislumbraba desde las cúspides de los edificios y las húmedas acequias respiraban hondo la frondosa concentración de ruidos de hojas arrastradas y baratijas colgantes extendidas de galeras ruinosas entre calle y calle que llevaban y alejaban a los viajantes de las estaciones de la frontera y el mercado de San Pedro; alto día que había comenzado en el letargo del verano y el resistido y tibio resplandor del sol insinuado tras negras nubes espesas. Las flores de invierno tronchadas al amanecer se agachaban hasta el nacimiento del tallo, tristes, azotadas de un lado a otro por las manos de viejas campesinas en el mercado de artesanos donde el hombre de nuestra historia se paseaba buscando entre gardenias y narcisos como torres encarnadas y margaritas y claveles la flor silvestre con la que había de sorprender a la mujer que aún no conocía, echada todavía en la peor habitación de La Torre. La historia, sin embargo, comienza en el oriente, unas horas antes.

II

En la noche callada de los pueblos nada perturba el sueño de sus habitantes, ni la tormenta azotando las débiles paredes calcáreas, ni el mugido humano del río que baja saturado de barro y piedras y troncos arrancados de raíz. Pero esta vez había fiesta. Las luces y el ruido de una discomóvil, la camisa mitadnegra-mitadmorada del bullanguero de pelo negro echado sobre sus orejas y anteojos oscuros en medio de la última noche de verano, las caras regordetas de las muchachas de los bajos y los jóvenes con sus enormes hombros, sus anchas manos, sus pantalones de poliéster, estaban ahí para alborotar tristemente el bostezo de los campos. Allí estaba Lucy, la única que importa en esta historia, sus cachetes embadurnados de achiote, entornando sus ojos con cualquier pretexto, juntando sus labios rojos, vulgares, bailando a pieza entregada con don Lucio, constreñido a veces por el repentino golpe de la hernia en sus ijares. A ratos más apretada a él, sobándolo provocativa, consciente de que al otro lado del salón, entre las hojas abiertas de la puerta, unos ojos la contemplaban con rabia y celos desde las sombras, en el mismo sitio donde un muchacho estaba de pie diciéndole a su compañero con una voz reciente, como si la acabara de recuperar luego de una prolongada mudez, como si acabara de despertar (pues toda la noche ha estado callado y pensativo):

—Mirala, muy de cachetes embarrados con el viejo de mierda ése.

Pero no hubo respuesta. Luego, movido por un repentino resorte, el otro contestó:

—Cada quien a lo suyo, primo. Fíjese pues que me dicen ahora que la Lita está en San Pedro...

Hizo una pausa sólo para comprobar que nadie más oiría lo que a continuación dice:

–… Dicen que ejerce, usted sabe.

Pero Raúl seguía viendo a Lucy entre los parpadeos de las luces bailar con el cada vez más encorvado don Lucio (que tocaba el sitio del vientre donde parecía aguijonearle un ácido metal) sin escuchar los motivos ni la complicidad de Jorge, quien mejor haló a Raúl del brazo y le dijo que se fueran. El campo era una enorme sabana de sombras. El aire cambiaba de rumbo como un animal ciego buscando anidar en los resquicios de la catedral y en los revoques de las casuchas. La llanura se volvió rica en imprecisiones, como sus ideas, sus sentimientos. Las lucecillas de sus cigarros entraron en la noche plena; una voz dijo:

–Al otro lado del río no nos buscarán. Donde don Neta. Don Neta es amigo, usted sabe.

Ni una voz se oyó más. Sólo el exagerado jadeo de sus pulmones y la llama que, mientras se pasaba la noche, iluminaba sus caras entre cigarro y cigarro.

III

Nadie sabía nada de él, excepto un hombre que pudo ser un apodo: Johnny. Viendo su cuerpo, la simetría de sus formas, la fortaleza que aún no abandonaba el cadáver, podría considerarse su resistencia a dejar la vida. Tres disparos le cruzaron la frente, el pómulo y la mollera. Podía sentirse el golpe contra el cemento, el joven cuerpo cayendo, hundiéndose más allá del suelo en una sangre o en una muerte negra. Esa noche llegó al Ribereño, un hotel de sucias habitaciones separadas por láminas de asbesto y madera podrida, y sus pasos al ascender al receptáculo donde el recepcionista veía la tele despertaron a la mitad de los durmientes recién llegados de la frontera. El corte de café hacía más frecuente el tráfico de hombres hacia las montañas, después sería el corte de caña, al norte. Las esposas, los hijos, las putas los seguían de un lugar a otro, esquilmándolos. Por aquí pasaban, por San Pedro. Por aquí se llagaba a todas partes, aun a la muerte.

Johnny no halló sitio en el Ribereño ni en ninguno de los hoteluchos que circundan el mercado, así que llegó a La Torre. Escogió —entre la galería de puertas que rodean el parterre, lleno de malvas más viejas que las ocupantes— una habitación cualquiera, quizá movido por la soledad y el silencio y la suprema decrepitud de la puerta. Golpeó con sus gastadas botas de piel el terraplén hendido, despertando una mota de polvo que se alzó y asentó adelantándose a sus pasos, adoptando la forma de las cosas que cubrían la pobrísima vida del callejón. La puerta no tenía número. En realidad nadie llegaba a una puerta determinada sino a una ocupante de la que tenía referencias en la cantina o en las sordas conversaciones junto al fuego durante las espesas noches de corte en las aguadas montañas. El agua había borrado la pintura de la puerta y carcomido la parte baja de la plancha de madera separándola del suelo en varias pulgadas. Un par de ratas pasarían por ahí sin contraerse. En la quietud de la hora, más de alguno azotaba su cuerpo contra un vientre. Johnny golpeó la puerta hasta que sus nudillos enrojecieron. Una joven abrió desperezándose, y entre el sueño y las sombras fue adivinando el rostro del hombre.

—Ya no es hora —dijo y amagó con cerrar. Johnny metió la bota en el espacio abierto y empujó a la mujer. Luego cerró tras él.

—Sólo quiero dormir. Pero de todos modos te voy a pagar —explicó.

Pronto estuvo en tirantes, calzoncillo y calcetas y en la oscura habitación su presencia parecía dividirse en pedazos resplandecientes. La mujer estaba hecha una S en la cama, desarropada y sin frío. Tenía una maleta escondida bajo la cama y ese día realizó sus labores cuidadosamente, sin olvidar detalles, para que nadie supiera que a la mañana se iba a marchar. Acostada, despierta, mientras adivinada las intenciones del hombre, recordaba la mano de su madre diciéndole adiós en el desvío: ese día se puso el vestido floreado y el sombrero blanco se extendía sobre sus cabellos dorados como una flor o un pájaro. Su primo le dijo que trabajaría de doméstica en San Pedro, pero antes que nada, era necesario dormir allí, en el Ribereño, porque sus patrones y la dirección y comprar ropas y no sabía qué más, y aquella mañana un negro la despertó y la trajo hasta aquí en hombros por la calle, entre los gritos y las risas de los curiosos detenidos ante el imponente paso del dueño de La Torre.

Johnny encendió un porro y fumó la mitad. Luego apagó la lucecilla hundiéndola en sus dedos. Afuera, el aire empezó a correr frío agitando el farolito de la fachada y el rótulo donde en las letras desteñidas aún se leía esa mentira: La Torre Hospedaje.

IV

En Ilotares Raúl llegó a su casa donde nadie se había levantado. Descorrió la cadena del portón y entró por atrás, porque la puerta de la cocina era más fácil y hacía menos ruido. Recogió la caja de fósforos entre los leños de la hornilla y encendió un cigarro. Entró a la explanada de tierra endurecida de la sala donde estaban las sillas de mimbre que su abuelo había hecho y se sentó cara hacia la habitación donde dormían los otros. Trató –al imaginarlos ahí- de evocar algún recuerdo, decir alguna palabra de despedida, pero no pudo. Unos débiles golpes en el portón lo volvieron en sí. Abrió, leve, la ventana y dijo voy. No cerró la ventana. No cerró la puerta de la cocina. No encadenó el portón. Quizá para que al despertar supieran que estuvo allí, que los había dejado para siempre.

—Munús —dijo al otro que lo esperaba.

—¿No va a llevar nada, primo? —preguntó Jorge señalando la mochila que colgaba de su hombro.

Atravesaron el campo de fútbol, la calle de la catedral y el sendero blancuzco de la escuela. El cigarro se apagó en los labios de Raúl y la ceniza cayó sacudida por el movimiento de la caminata. Las cosas comenzaban a salir de las sombras y los gallos lo anunciaban hasta el hartazgo.

Cuando alcanzaron la última callejuela pedregosa del pueblo, Jorge sacó la pistola y la mostró. Raúl la tomó en su diestra y la sopesó.

—La del viejo —dijo, ya despierto, fuera de las sombras de la noche o entrando en unas más oscuras.

—Nadie jode a los Núñez, eh —gruñó, con lo único que le quedaba ya de orgullo: el revólver que apretaba por la empuñadura.

Tomaron el estrecho camino rodeado de zacate y malvas, húmedo, esperaron tras una enorme piedra; los ruedos de los pantalones chorreando y el nuevo cigarrillo vibrando en los labios. La esperaban. Se la fueron pintando en medio del salón, el vestidito estirado del vientre por los cordones anudados por la espalda, levantando las faldas para liberar los pies y sus muslos, levantando una explosión de polvo que don Lucio muerde con sus dientes manchados de magalla.

Más tarde, en la pequeña habitación, frente a los muebles de mimbre, unos ojos se abren asustados, como si los hubiera despertado un balazo.

V

Johnny despertó del breve sueño. Tomó conciencia de las cosas de la habitación: las ventanas empotradas en la pared, las sombras todavía adheridas a la sábana, el olor a cosa dulce que salía de la mujer. Puso una mano en los muslos de la muchacha, afiebrados, desacostumbrados a aquella vida, y sintió en la yema de sus dedos las fuertes palpitaciones de la carne dormida. Vio aquella boca, atada a los sueños, nombrar cosas, hombres, compañeros de clases, besando más allá de la esfera de la habitación, y sintió que una soledad compartida sería menos dolorosa que la soledad personal, buscada entre tantas noches y maldecida esas mismas noches que la alcanzaba. Vamos a suponer que fue entonces cuando pensó en las flores de invierno agitándose alineadas en el borde de las aceras del mercado, hortensias y magnolias, rosas y nomeolvides. Se vistió y salió y bajo el rótulo ahora quieto en el frío aire de la mañana encontró a dos muchachos aindiados, torpes, uno con una mochila decorada con dibujos escolares. Después se colocó sus anteojos oscuros.

VI

Ese día, domingo, Santos el cantinero no descansó (la muerte suele agrandar esos caprichos). Desde temprano había estado lleva y lleva cerveza a los jóvenes sentados en el rincón, con la esperanza de que al partir se olvidaran la mochila tirada bajo las patas de la mesa. Siempre veía la clientela con indiferencia, rutilante, huyendo del calor, desplomados en una silla con un octavo en la mano y sus sombreros de pueblo en la otra, apretados pantalones de tela y camisas mangalarga cerradas hasta el cuello, conservando el tratamiento excesivo de los campesinos, echándose un traguito para mientras porque el punto de buses está enfrente y hay que escampar tantito. Iban y venían, indiferentes a él, engañados y desengañados de la ciudad. Algunos dejaban ahí su boleto de vuelta, entre trago y trago iban haciendo escala en la garitas de la calle, hasta que un buen día volvían pidiendo dinero para enterrar a un pariente o para beber con descaro. Nada importante, gente de campo, a veces putas que lo recompensaban cuando encontraban hombre.

Un hombre que ha vivido en medio del deterioro, que ha visto sucumbir a las muchachitas primero con un refresco —que él mismo les ha servido— , luego con un trago y después las ve encaminarse embriagadas hacia una habitación del Ribereño, de donde salen a los días a conseguir un asiento en La Torre, una cama cualquiera donde trabajar honestamente. Nada le importó pues servirle tandas y tandas de cerveza a los muchachos del rincón, ni al otro que entró después, sigiloso, hiriente, decidido, con sus anteojos oscuros, que pidió dos cervezas de un solo. Ya no era hombre de asombros; ya había servido bebidas raras y había complacido gustos caprichosos sin preguntar. Que alguien quisiera dos cervezas de una vez no era más que el puro avorazamiento o la simple y estúpida manera de llamar la atención, como si sólo eso bastara para cautivar a las mujeres.

Llevó las dos cervezas. Puso una cerca del hombre y la otra en el centro de la mesa, adivinando que otro estaría por llegar. Vio al hombre acariciar la bala de 3.57, sostenerla contra los labios como si le hablara, dejarla sobre la mesa. Lo vio tomarse casi de un solo trago la cerveza y luego poner la botella de un golpe y levantarse y descerrojar todo el cargador contra los muchachos de la esquina, que quedaron quietos sobre el concreto, su sangre embarrando las agrietadas paredes de la cantina, la mochila pateada por los estertores.

Santos era un fumador empedernido. Su pulmón izquierdo estaba a punto de paralizarse. Eso dijo el médico forense cuando extrajo de ahí la bala que lo mató.

VII

Habría que agacharse para pasar bajo la cinta amarilla

que la Policía pone para marcar la última visita de la muerte. Habría que empujar esa lámina de madera para entrar a la cantina, acercarse a la pared donde la muerte trazó un dibujo violento con la sangre de los Núñez, descifrar la advertencia. Aquí cayeron los cuerpos, iguales; aquí en este declive se unieron sus sangres. Habría que estarse de pie en la barra, como si al beber se cumpliera una penitencia, para adivinar la caída del cantinero tras la caja, bajo el mostrador, guardando el secreto de una bala en el pulmón izquierdo, una bala que salió por el aire a través del cañón de una pistola policial. Y al ver los resquicios del piso saturados de sesos y sangre encostrada, pensar que en la humedad creciente del día de la muerte va uniendo lo que separa la vida, y detenerse a recoger de ahí los anteojos, testigos de lo visto por Johnny, para vislumbrar los últimos relámpagos que configuraron la primera lluvia de invierno sobre San Pedro, y apartar a los curiosos que atestan la cantina y a los policías que acordonan la acera y trazan con tiza la silueta de los cuerpos derrumbados.

VIII

Johnny —alguien lo dirá después— regresó a La Torre con una flor. Quería sorprenderla. Sabía que no podía ser grosera y que aún no estaba corrompida como las otras. Las historias de los demás que pagaban por el secreto de acostarse a su lado, por la pura lástima, por el puro placer, dejaba la certeza de algo, una especie de convicción, y los llenaba de prestigio. El hecho de que a todos les negara el nombre y no se procuraba la querencia, le podría devolver la dignidad del hombre que por fin posee algo que otros anhelan, cosa que podría llamarse de otra forma en medio de otra gente. Cuando la vio ahí, colgando del techo, los senos amoratados, las piernas flotando en la opacidad de la mañana, los recordó cuando al irse y volver se habían detenido bajo el mismo farolillo y rótulo, los aindiados, y corrió para alcanzarlos porque sabía que no irían lejos, pues nada había de hacer con el cuerpo de quién sabe quién, la muchacha cuyo rostro miraba hasta ahora, rígido en el aire frío que empezaba a envolver la ciudad. Los alcanzó en la cantina.

Esa mañana Raúl y Jorge tomaron el bus de oriente en el desvío a Ilotares y viajaron de pie entre las flores que las mujeres traían a la feria de San Pedro. Les habían dicho que en la tercera puerta de la derecha, al entrar en La Torre, la iban a encontrar, ejerciendo. Bajaron con los primeros calores y caminaron por la acera del mercado, golpeando con sus cabezas las baratijas colgadas de las champas de madera leprosa que improvisaban los buhoneros. Se pusieron nerviosos porque un tipo de anteojos se detuvo junto a ellos en la entrada del lupanar, el mismo sujeto que encontraron ahí, bajo el rótulo, con una estúpida flor en la mano. *Para su prometida*, dijeron ya en la cantina, los nervios fríos, las primeras cervezas bajando, riendo. Así los encontró Johnny, cuando entró, se sentó, y estuvo acariciando la bala, la única que sacó del cargador. Las demás entraron equitativas (tres para cada uno) en los distendidos cuerpos de los muchachos.

IX

Un diario al día siguiente informaba que un individuo conocido por Johnny fue muerto por un policía (que cruzaba por casualidad por la zona) cuando intentaba asaltar un negocio de licores. Sin perder tiempo, el laborioso delincuente había sacudido a balazos a todos en la pequeña cantina, dos clientes y el barman. El policía Rogelio Velásquez evitó el asalto al acabar con la vida del maleante en el momento en que éste, luego de cometer su crimen, se empinaba una botella de cerveza. Velásquez cruzaba por la zona luego de cumplir su servicio de guardia en la posta de la cañada. Se informó en el lugar de los hechos que los dos clientes matutinos eran primos llegados esa mañana para visitar a unos familiares en San Pedro.

En un idioma igualmente neutro podía leerse también, en los interiores, en notas separadas, del asesinato a balazos de Lucinda Fuentes, nacida y residente en Ilotares, en la jurisdicción de Esparta; y a una columna, en material de relleno, el suicidio de una dama de la noche de nombre Lita Carvajal, conocida como la Conchi, ahorcada en una habitación del hospedaje La Torre, debido supuestamente a una fuerte depresión provocada, según las primeras pesquisas, por el consumo de drogas. En la habitación donde se reconoció el cadáver de la muchacha imperaba un imperturbable olor a marihuana. En la mesita de noche había una rosa marchita.

XAVIER PANCHAMÉ
(El Progreso, 1994)

Estudió Letras en UNAH-VS, en donde es profesor desde 2018. Ha publicado artículos en las revistas *Literatura Portátil* y *Tercer Mundo* y es coautor del libro *Antología Básica de Óscar Acosta* (2015). En 2020 publicó su primer libro de relatos, *Sombras de nadie*. Su cuento en esta antología, "No hay esperanza para un negro", estaba inédito hasta ahora y en él se narra un crimen confuso, acaecido en la torre de un tanque de agua, con unas implicaciones insospechadas que sólo parece vislumbrar quien observa con suficiente curiosidad, como un detective accidental, los hechos desde afuera.

NO HAY ESPERANZA PARA UN NEGRO
Xavier Panchamé

Aquel 11 de octubre una joven subió al tanque de agua. Tenía el pelo pintado a lo Margot Robbie y los ojos con un toque felino y sombras metálicas en las líneas de las pestañas inferiores, que venían derritiéndose por el calor de los motores. La escalera ascendía diez metros, y en la parte superior estaba el tanque rojizo. Desde aquella altura las carpas de carne asada y los carros modificados tenían una dimensión más irreal, con sus luces de colores. Imagino la sonrisa de Leticia al ver el espectáculo, imagino también la mano del asesino, con la pistola sudada, apretada contra el abdomen. El cuerpo quedó junto a los tubos de aluminio. Más tarde, el periódico local escribiría que dos disparos acabaron con esa vida: una bala perforó un pulmón y la otra, con menos daños, el brazo izquierdo.

Cuando el guardia subió por la escalera metálica encontró a la joven boca abajo, con la piel dorada y el pelo revuelto, a dos pasos de la diadema verde. Al otro lado, en dirección a la segunda escalera que descendía al techo de la bodega de herramientas, vio la mochila abierta. En su interior había algunos lápices de colores quebrados, dos dibujos y una botella plástica de Coca-Cola sin taparrosca.

"Nosotros revisamos a cada persona que ingresa a la colonia, pero ese día hubo un evento de carros, y aunque tuvimos más apoyo de guardias, no dimos abasto", dijo Rogelio, el jefe de los guardias de seguridad. A lo mejor el asesino no venía en la caravana. "Tal vez trepó por los árboles para entrar a la colonia y se sentó en el tanque. Vio a la joven y le quitó la vida", escribió alguien del periódico *La Comuna*.

Otro guardia, de nariz fea y achatada, revisó el cerco y supuso que aquel árbol de nance había facilitado la entrada del asesino. "La joven se preparaba con una *selfie* cuando el asesinó le disparó", dijo la reportera de *Radio Progreso*. No sé cómo sabía eso. La mamá indicó que no llevaba el celular. Sin embargo, como se supo después, el novio se lo había prestado para que tomara una foto. "Me dijo que no la acompañara", dijo éste a la mamá de ella.

Yo deduje que el asesino se había ocultado del otro lado del muro. Y no quise irme hasta ver la ridícula expedición de los guardias que, con unos focos de luces pálidas, se abrían paso entre la milpa.

El jefe de los guardias ordenó a los compañeros que no dejaran salir a nadie. Se comunicó con el personal de las casetas y advirtió que estuvieran atentos. Soltó el intercomunicador y subió al tanque. Desde aquella altura pudo ver a los demás inmersos en el maizal, organizados por parejas en tres direcciones. Silbó dos veces para indicarles a los de la izquierda que se detuvieran; Chema y Polo entendieron que el camino que seguían los llevaba a la laguna de oxidación, donde ya había otros dos guardias buscando. Era un código. Tenían todos un sistema de silbidos. "Nosotros nos entendemos", dijo Polo cuando la reportera lo entrevistó tras regresar del maizal.

Rogelio amarró el cuerpo por la cintura y los pies y lo bajó. No había tocado el suelo cuando la mamá se lanzó sobre ella para quitarle la cuerda, besarla, limpiarle con la mano la tierra de los labios, mientras miraba con rencor al novio, quien apenas se mantenía de pie a la orilla de la calle. Luego bajó el jefe y trajo la mochila puesta en sus hombros.

—Es mía –dijo el novio.

—Revisá. ¿Falta algo?

Sin decir nada más, el novio se apartó a una de las bancas, debajo del poste del tendido eléctrico.

Me llené de curiosidad y lo seguí con la mirada.

No prestó atención a la botella de plástico y la tiró al basurero. Minutos después, recordó que antes de que subiera Leticia al tanque, él había guardado la botella con refresco hasta la mitad. Ese dato salió en la noticia de Radio Progreso. Al principio nadie prestó atención a esa pista, hasta que llegó el tío de Leticia: "Dámela. Si el asesino tomó el refresco, quizá podamos encontrar saliva". Aquello parecía irreal. Era una empresa imposible, pero no ridícula. En algunas novelas negras atrapaban al asesino por esos pequeños detalles.

La Policía habría podido llevarse la mochila, pero el novio se adelantó, interesado en quedarse con ella. Mientras la revisaron, se mantuvo cerca, excitado, listo para escabullirse.

—¿Quién estaba cerca cuando ella subió al tanque? –preguntó Rodrigo, el agente de la Policía, amigo mío, que había llegado junto a un compañero.

—Una señora, una niña y un hombre en motocicleta –dijo el novio.

—El hombre de la motocicleta, ¿sigue aquí?

—Atrás, cerca de la carpa.

El jefe de los guardias y Rodrigo se acercaron a la carpa.

—Mi mujer se pone nerviosa cuando me tocar ir a la escena de un crimen. Eso le provoca ataques de asma. A veces no le cuento nada. Y llego a casa, sin decirle que mi día fue una mierda: viendo choques de motociclistas con las llantas de las rastras, charcos de sangre; otros, heridos con machetes, niños degollados, niñas violadas, rapiditos pasconeados. Todo me tiene asqueado. Hace poco estuve en la casa del niño que se disfrazaba de payasito. La mamá dice que fue uno de los hermanos quien lo mató. Él llegó a la casa y se llevó al niño. Desde la pulpería vieron a Medardo, el hermano, que se bajó de la bicicleta, entró y luego recogió una bolsa.

—Yo conozco a la mamá. ¿Tienen algo?

—Nada. A esos casos los llamo crímenes sin castigo. Quisiéramos contar con el apoyo de fiscales, policías de investigación, pero nos hemos limitado a investigaciones de tránsito, a capturar pandilleros que tienen años haciendo fila por robos, drogas, asesinatos. Están como archivos vacíos.

—Creo que mi esposa no aguantaría. Es asustadiza. Ella se altera si no le contesto la llamada.

—¿Cuántos rateros has capturado? Sin contar aquel borracho por el que me llamaron.

—Dos. Dos cipotes que andaban en un taxi. Entraron a recoger a una persona, pero antes dieron la vuelta por la Segunda Calle. Uno de los vecinos vio que el taxi se detuvo frente a la casa, apagaron el motor y entraron serenos. El dueño de la casa andaba en el trabajo, por eso al vecino le pareció extraño y nos llamó.

—Quedaron libres. Un abogado llegó por ellos. Las pandillas cuentan con abogados, administradores, secretarios; escogen a los más chispas y les pagan la universidad.

–¡Ey! Vení, queremos hacerte algunas preguntas –dijo Rodrigo.

–No tengo nada que decirles –respondió el joven con el casco en la mano.

–¡Apurate! –dijo el jefe de los guardias–. Sólo queremos saber si viste algo.

–Lo mismo que todos.

–Movete.

–Déjenme tranquilo.

–Lo haremos hasta que nos digás algo.

–Ya les dije, no sé qué puedo contarles –dijo.

–Traeme la patrulla. A éste me lo llevo.

–Calma –dijo mirando hacia atrás–. Vi a una mujer.

–¿Mujer?

–Para qué me escuchan, si no me creen.

–Dejate de pendejadas, seguí.

–Una mujer subió primero. El marica y su novia negra llegaron después. Ella quería una foto en los columpios, pero él no quiso. No sé qué discutieron, ella tomó el celular y subió por la escalera.

–¿Viste si la mujer seguía arriba?

–No, no miré nada. Escuché dos disparos y luego me alejé.

–¿Qué hizo el novio? –preguntó el policía.

–A ese huevón lo vi taparse los oídos antes de que yo escuchara los disparos.

–¿Qué más?

Tartamudeó, se rascó la cabeza y señaló con la mirada a un grupo de personas cerca de un Ford.

–La mujer se bajó de aquel carro. Son extranjeros. ¿Suficiente?

–Si tenemos que preguntarte algo más, te buscaré –dijo el policía. Y le tomó una fotografía.

–¿Por qué la foto?

—Para reconocerte.

—No cuenten conmigo, yo me voy.

Vi que Rodrigo regresó a la patrulla.

Tres disparos sacudieron mis nervios. Venían del maizal. "Por acá", escuchamos. El camarógrado de Radio Progreso subió al techo de la bodega de herramientas, otros dos reporteros se acercaron al cerco; entre éste y el maizal había una carretera que poco a poco perdía espacio por el zacate embravecido de medio metro de altura.

—Chema, Polo... Milo, Luis... —dijo el jefe—. ¿Qué pasó?

—Se echaron a Marquito —dijo Polo.

—¿Ah?

—En el pecho. Está tirado en el lodo. Navas no está.

El espacio entre el busito de Radio Progreso y uno de los carros "tuneados" era estrecho. El jefe de los guardias pidió al dueño cerrar el capó y quitarlo de ahí. La patrulla salió agitando el polvo de las persianas de las casas. Algunos sonidos de la sirena se colaron por las ranuras de las paredes, revolviendo la desidia en los espíritus enfermizos y alcoholizados.

En este punto, supuse, tenían que llamar a otras patrullas. Pero no vino nadie más, quizá estaban escasos de personal. Pensé que debían interrogar al novio. ¿Por qué se tapó los oídos antes de los disparos? ¿Y la botella de refresco? Había pistas para empezar a tomarlas con seriedad. En las películas de Hollywood al detective no lo amedrenta nada. Por supuesto, ninguno de estos lo era, pero no había nadie más que pudiera realizar esta empresa. Por mi parte, sólo había vivido a través de la vida de Kurt Wallander las intensas y titánicas búsquedas de los asesinos en Ystad. Y mi conocimiento se limitaba a investigaciones en educación y migración. Por lo demás, yo era apenas un diletante de la novela negra y un simple jugador de ajedrez.

El jefe de guardias empezó a señalar a los jóvenes que habían llegado en una camioneta Ford de color rojo. Cinco mujeres y siete hombres jóvenes. "Tráeme a esos payulos para acá", dijo. No supe si me mandaba a mí (que me había acercado demasiado) o a alguien más, pues cuando señaló, lo hizo en mi dirección. "Aquellos payulos" era un grupo de conductores provenientes de Panamá. La camioneta tenía un efecto candy de dos capas de colores que nos dejó absortos.

¿Por qué elegir a esas personas entre los demás? ¿Qué había olfateado el jefe de los guardias? En cierto sentido, las impresiones e intuiciones logran resultados sorprendentes. Lo sabía por las novelas de crímenes en las que me había sumergido. Y verlo en la vida real constituía una dosis de humor que la naturaleza me obsequiaba. Cuando uno de los jóvenes llegó a los pies del jefe, dejó salir un chorro de humo por la nariz.

–Tengo la curiosidad de saber quiénes son ustedes.

–No nos metas en esta ponchera –dijo.

–Dame tu nombre.

–Jacob.

–¿Jacob? Tu nombre completo.

–Dame el tuyo también.

–¡Huevón! Ésta es mi zona.

–Y el nombre es mío.

–Llamá a la Policía, aquí alguien está buscando una nariz sin hueco. ¿Eso lo entendiste?

–Bajala.

–Contame, ¿qué hacen por acá?

–Somos invitados. Bajala, te dije, no queremos nada más. Nada de fotos. ¿Oís?

–¿Y esa calcomanía de "Muerte a los negros"?

–¿Qué con eso?

—¿Cómo que qué con eso? ¿Qué problema tienen con los negros?

—Que tienen un olor a catinga. Dime si no es cierto.

—No ando metiendo mi nariz entre los huevos. Lo sabés bien, ya veo.

—¿Algo más?

Dejó que regresara con el grupo de compañeros. "Estos mierdas se creen todo", alcancé a oír entre la aspiración de la s y el gargajo y el humo. A paso de un atleta de salto de longitud, llegó a la línea que marcaba el final de la carrera, en este caso, el asfalto de la cera, y saltó al foso de arena, donde terminaba el recorrido para subirse al Ford. Entonces no entendí por qué tanta prisa. No sirvió para nada haber dado la orden de impedir la entrada o salida de las personas. No tuvieron el control necesario. Una vez que salió el Ford, una jauría de carros modificados arrancó motores. El ruido de los equipos de sonido sacudió la fiebre que empezaba a meterse en mis huesos. Aguanté.

El ruido entorpecía la sirena de la ambulancia que llegó con dos enfermeros, quienes se bajaron para levantar al herido. Chema había regresado con los ojos desorbitados, lleno de lodo, con algunos rasguños en los brazos; me dio la impresión de haber sido azotado, y dio aviso a los enfermeros: Compas, apúrense.

Otros dos disparos corrigieron mi postura soñolienta. El policía venía apoyado del hombro de Polo, golpeado por la caída en un agujero. Al menos eso dijo. Milo y Luis traían a Marquito. Fue triste. Todavía vivo, soportaba el dolor. El diario *La Comuna*, con su abigarrada entradilla y la falta de objetividad, publicó la noticia cuatro o cinco días después con el título "Policía niega un crimen racista". El asesino —escribió el periodista— era una mujer de tez blanca.

El semblante de aquella mujer desencajaba con el perfil que había dibujado en mi mente. No alcancé a verla. La foto salió publicada en *La Comuna*. El pelo cenizo, recogido detrás de las orejas, de las cuales colgaban dos pequeños aritos de plata. A veces pienso, hoy que han pasado dos meses, en la pregunta que hizo la reportera al policía: ¿Fue por motivos personales o como un reto para ingresar al Club? Radio Progreso obtuvo algunos datos que sirvieron para determinar el motivo del asesinato: un ataque racista. La joven se llamaba Andrea Mejía y era integrante del Club Tauro, cuyos requisitos para ser miembro era asesinar a una garífuna en un evento de *Tuning*.

Hoy recibí el periódico *La Comuna*. Al fin se ha publicado el caso completo del Club Tauro. Lo primero que encuentro, en una entradilla atiborrada de adjetivos, es la revelación de las fotos que tomó Leticia: puras *selfies*. Ahora que la distancia ha fijado los recuerdos, el novio, además de la botella sin taparroscas que encontró en la mochila, había ocultado rápidamente el celular en el bolsillo trasero del pantalón. ¿Cómo lo sabía aquella periodista? No lo sé. ¿Importaba ahora que el novio había confesado ser miembro del Club Tauro? Debajo de la foto de Leticia, de espalda al evento, estaba el testimonio del novio:

La noche del domingo, 11 de octubre, me levanté con otro ánimo. A pocos kilómetros de mi casa, el Club Tauro se había instalado en una pequeña residencia de un coronel retirado del ejército de Estados Unidos. Como dije: se hospedaron en aquella casona, donde fueron recibidos por la esposa y dos niños, con quienes había tenido en otro momento un encuentro cuando el mismo grupo había estado en el país. No sé por qué esta vez no me llamaron. A veces los acuerdos cambian, y pensé que querían privacidad. Pero luego supe que habían tenido una reunión con gente blanca, extremistas, que pretendían acabar con los grupos minoritarios. Detrás de aquel encuentro estaba la conformación de una cofradía en el país. La segunda en

Centroamérica. ¿La primera? Los periódicos dicen que está en Costa Rica, pero realmente se ubica en Panamá.

Me engañaron. No formo ni formaré parte del grupo. Un negro jamás puede ser miembro de nada. Soy una burla. No soy garífuna, sólo un negro.

Con aquello de "muerte a los negros" caí en mis reflexiones, pero ya era tarde. Había sugerido a Leticia que de arriba del tanque podría verse mejor la alineación de los carros. Jacob me había advertido que si quería formar parte del equipo, tendría que pedirle a Leticia que subiera… No imaginé que el plan era asesinarla. Andrea, el nombre lo leí después en la publicación de La Comuna, tomó posición, esperándola. Me tapé los oídos antes de escuchar los disparos. Después vino el ruido del aire muriendo lentamente en mis entrañas, en mi conciencia.

La teoría del tío de Leticia se confirmó: la saliva era de Andrea. La taparrosca estaba mordida, tirada al pie del tanque. Hubo un detalle que no se ha tomado en cuenta en ningún diario —mucho menos por el policía y el jefe de los guardias—: el asesinato de Leticia era parte del ritual. Entre los colaboradores, que se creen intocables —¿o acaso lo son?—, están miembros activos de los partidos políticos, terratenientes y algunos empresarios embarrados con el asunto de las ZEDE. Otra República Banana.

La red no se trata sólo de carros modificados. Para eso tienen al Club Tauro en Panamá. Tienen contactos, es un sistema de privilegios. Yo buscaba uno: poder adquirir bienes. Estaba convencido de que podía ser un miembro. Para no ocupar el espacio de que dispongo en esta hoja que me han entregado, se los resumo: no hay esperanza para un negro.

Sentí culpa. "Sólo subió por una selfie", respondí a una reportera aquel día. A la vez, pensé: ¿Éste es el precio? Recientemente me han traído lo último que han escrito en el periódico: Andrea Moya se defiende en libertad; el caso es una semilla que tiene frutos amargos. No puedo revelar nada, porque no sé cómo están organizados. Sólo me ha venido a visitar la esposa del exmilitar, supongo que sé algo, *pero todavía no me doy cuenta. Incluso, me han propuesto ser un miembro del Club, a cambio de mi silencio. Mientras tanto, me han tomado como conspirador del asesinato, y espero mientras tanto en la cárcel de Támara a que se dicte sentencia.*

Lo insólito del caso fue un asunto de espacio en el periódico. Podría rescatar, después de todo, la página dedicada esclusivamente al crimen, a pesar del tiempo que había transcurrido. Las demás noticias de asesinatos en la sección de Sucesos sólo ocuparon un cuarto de la página: Asesinan a empleado de Hondutel, Sicarios matan a alias Terror, Ultiman a pastor en Yoro, Balacera en tienda de artesanías. La lista continuaba en la segunda y tercera páginas. Los títulos sin creatividad y repetitivos: desmembrar, decapitar, ultimar, violar, balacear, asesinar.

Tengo la impresión de que Romel, el novio de Leticia, pasará en la cárcel varios años antes de que se le haga un juicio. No tanto por la confirmación que hizo de querer pertenecer a un grupo extremista –nadie lo sabía hasta ese momento y creo que a pocos les interesaría cómo funcionaba–, sino porque se debía señalar a alguien responsable de la muerte de una mujer negra para callar a los periodistas.

La noticia quedará como una remota isla en el océano que guarda una playa rebosante de lujuria, azotado por tempestades. Tal vez alguien tome el caso y decida navegar por aguas estigias hasta sus costas. A lo mejor se descubre la semilla de todos estos males. De cualquier forma, estaré pendiente. Hoy, voy de vuelta a casa, escuchando *Don't panic* de Coldplay. Si Rodrigo, mi amigo el policía, me hubiera dejado meterme en la investigación, habría empezado hoy.

RAÚL LÓPEZ LEMUS
(San Pedro Sula, 1970)

Estudió Letras en UNAH-VS, en donde es profesor desde 2010. Ha publicado dos libros de cuentos, *Entonces, el fuego* (2012) y *Perro adentro* (2015); la novela *Alguien dibuja una sombra* (2017), con la que obtuvo en 2014 el Premio Centroamericano de Literatura "Mario Monteforte Toledo" en Guatemala; y un libro de artículos, *Escribir o tropezar* (2020). Publica la columna "Ex nihilo" en la revista *Tercer Mundo*. Su cuento incluido en este libro, "El tipo del yatagán", pertenece a una colección inédita de cuentos violentos y presenta un ambiente sórdido en los "bajos fondos" de San Pedro Sula a través de la mirada de una cajera de cantina, testigo de un crimen que involucra a un hombre extraño, lector de novelas policiales, que retaba a la muerte cada noche, pues aseguraba que su destino estaba fijado a ese lugar.

EL TIPO DEL YATAGÁN
Raúl López Lemus

Me gustaría decirle a la Policía lo que sé, pero seguro no me entenderían. Ellos creen que el mundo se mueve por la voluntad de unos pocos y serían incapaces de imaginar un crimen tan atroz y sin motivaciones concretas. Han estado toda la madrugada gateando entre las sillas, sin resultado, y haciendo a todos los empleados la misma pregunta. Ya me tienen hasta el gorro con sus luces, sus poses y sus apuntes. Ni siquiera permiten que vayamos al sanitario; sus lazos amarillos cortan cualquier intento de moverse. En el centro de su área confinada debía de estar el cadáver, pero ya lo retiraron. Unas cuantas fotografías de rigor, la medición de ciertas distancias imaginarias, la cartera y los bolsillos vaciados en el suelo y ya está. Con las cintas han abierto un agujero en el centro del local, precisamente en el sitio en que solían bailar los parroquianos. Porque a veces les daba por bailar, o tal vez sólo se apuntalaban en su pareja y fingían sostener su borrachera, lo que daba la impresión de que se meneaban un poco. Eso cuando no habían perdido el juicio por completo, porque la mayoría de las veces…

A la Policía no le interesa lo que pasaba aquí antes, pero yo creo que allí está la clave de todo, la gente cuando baila sin ton ni son pisa a los demás, cualquiera puede desenfundar la pistola por menos que eso. Lo cierto es que el tipo ese venía todos los fines de semana; de jueves a sábado sus jornadas eran demoledoras. Tomaba cualquier bebida que le invitaran, pero cuando le tocaba comprar con su dinero, pedía sólo aguardiente barato. Era divertido ver cómo lo saboreaba, su eructo final parecía un desafío. Muchas veces se lo dije: no tiente a la muerte, hermano, no se confíe, pero él no parecía entender. O era precisamente eso lo que andaba buscando; yo lo veía así. Estaba decepcionado de la vida y quería que alguien con suficiente valor le volara la tapa de los sesos o lo acuchillara. Así que se sentaba cerca de la barra y le buscaba camorra a cualquiera que tuviera trazas de matón. Yo creo que tenía suerte o, en realidad, la muerte se había olvidado de él. Aquí viene mucho bicho raro y a más de alguno no le faltaron razones. Presencié muchos enfrentamientos que, sin embargo, fueron frenados a tiempo y no derivaron hacia los cuchillos o los tiros. Los bares de esta parte de la ciudad se han forjado su mala fama sólo porque se hallan por debajo de la línea férrea, como si el camino del tren pudiera dividir algo de verdad. Los bolitos que vienen a estos lugares están tan ensimismados por el alcohol que son incapaces de proferir alguna amenaza. Son restos de gente, fósiles humanos que ya no tienen deseos de vivir.

Estoy segura de que, aunque el tipo ese era diferente a todos, quería que acabaran con él por razones muy particulares. Yo notaba que era inteligente y, tal vez por eso nadie se atrevía. Muchas veces me comentó que no le gustaba el lugar, pero que siendo joven había soñado que aquí le sucedía algo trascendental, lo que relacionó siempre con su destino. Si su destino estaba fijado a este bar de mala muerte no tenía por qué quitarse de su camino. Ya estaba viejo y le preocupaba que la muerte tardara tanto, por eso la buscaba con ahínco, por eso se le ponía enfrente y la retaba.

Me consta que buscaba riña con gente peligrosa. Por ejemplo, un día desafió ni más ni menos que a "El Ruso", un tipejo grandote y colorado que golpeaba como si sus puños fueran de piedra, responsable de muchos delitos. Mandaba en el barrio con sólo la estridencia de sus gruñidos, y se le achacaban varias muertes que habían quedado impunes. Yo estaba segura de que lo traspasaría, que lo elevaría en vilo y lo machacaría contra el piso. Me extrañó cuando vi que lo apartaba de un manotazo y seguía bebiendo con tranquilidad, aunque el tipo ese le había mencionado de mala manera a su mamá. Ese día "El Ruso" estaba más colorado que de costumbre, pero no siguió la pendencia. El tipo ese continuó hostigándolo y luego se marchó decepcionado. Todas las miradas convergían en el rostro de "El Ruso", que estaba avergonzado, seguro, al punto que tuvo que marcharse rabiando poco después. Así se fue construyendo su famita aquel tipo. Aunque claro, de otras peleas no salió tan ileso.

Yo le contaría con gusto a la Policía un sinfín de sucesos relacionados con este crimen, pero es seguro que no les darían importancia. Una simple cajera como yo, que ha pasado una eternidad en el mismo lugar, sabe más de homicidios que cualquier detective de esos. He sido testigo de muchas peleas, con las consecuencias que ya saben. La muerte ha estado a unos pasos de mi lugar y la he visto tambalearse y dirigirme una mirada de tristeza.

El último episodio del que puedo dar fe ocurrió hace unos pocos meses. Un par de muchachos fueron atacados en esa mesa de allí, mientras degustaban unos tragos. Los atacantes ni siquiera tuvieron la deferencia de presentarse;

entraron y los abrumaron a palos, tenían unos cables de acero y bastones de hierro. Los agraviados no se defendieron, tal vez pensaron que no había necesidad, estaban en territorio enemigo y sentían el peso de la desventaja. Cuando todo terminó, se relamieron las heridas, se sacudieron y se marcharon tambaleantes. Eso sí, una hora y media después estaban en la puerta, traían una pistola mohosa y sendos yataganes. Llamaron a sus atacantes y les conminaron a salir. Los otros no se alteraron, estaban acostumbrados al peligro, así que fueron detrás de ellos. Unos minutos después vimos una sombra que entraba al bar sosteniéndose los intestinos, tenía rajado el vientre y un agujero en el costado derecho que supuraba. Vino hasta la caja, murmuró algo y trastabilló. Los que habían quedado adentro no lo dejaron caer, lo fueron empujando hasta hacerlo salir de nuevo. La puerta abierta me dejó ver una forma alargada que buscaba el centro de la callejuela. Aguantó unos diez metros para luego irse de bruces. Tuvimos que limpiar de prisa el rastro de sangre que había dejado, antes de que la Policía se acercara y le diera por preguntar. El otro muchacho quedó en el callejón del fondo, un sitio tan bloqueado por los desperdicios de la cuadra que ni la misma Policía sabe de su existencia. Al muchacho del callejón no hubo necesidad de la autopsia ni de los papeleos, su familia lo recogió y se lo llevó a toda prisa. Estuvimos cerquita de que nos clausuraran, pero al final el asunto terminó en unas simples pesquisas y algunas recomendaciones sin sentido.

La escena del crimen parece un campo minado, la verdad, varios agentes de la Policía han transitado por ella levantando las piernas, no sé qué es lo que cuidan. Si había quedado alguna evidencia allí, es seguro que ya se fue adherida a los zapatos de tantos parroquianos que pisaron el lugar, amén de la caravana de periodistas que vinieron a husmear y levantaron polvo. Si no fuera por alguna mancha de sangre minúscula esparcida bajo las sillas, nadie creería que allí se cometió un asesinato con tanta crueldad.

He dicho que el tipo ese era inteligente y ese dato debería darle pie a la Policía para empezar a investigar. Teníamos clientes raros, pero éste llegaba al extremo. Parecía muy concentrado y le gustaba leer, su vista oscilaba entre el trago y el librito de turno. Yo sabía que se embrocaba en la lectura, pero que su atención discurría por todo el local, estudiaba rostros, medía intenciones. Buscaba que alguno rabiara para ir a provocarlo. Yo pensaba que trataba de recrear las historias que leía, pues sus libros eran ediciones baratas de novelas policiacas, algunas tan dañadas que debía juntar las páginas sobre la mesa para seguir leyéndolas. En una ocasión me lo aclaró. Las historias que leía no representaban nada, leía para no aburrirse, para ocupar su mente en algo. ¿Su mente?, me extrañó que dijera que necesitaba tenerla ocupada, cuando él mismo me había confesado que su cerebro era una máquina de producir ideas absurdas. Sólo con el tiempo fui comprendiendo su proceder; el tipo ese necesitaba bloquear su memoria por algún motivo, pero había escogido la forma incorrecta. Las lecturas estimulaban su mente, más bien, y la volvían productiva. Por eso en los últimos días sus pensamientos empezaron a desbordársele.

Un sábado se acercó a la caja, lagrimaba y tosía a la vez, me indicó que había tenido que matar a una chica, hacía sólo unos cuantos minutos; la mató porque le había sido infiel. Señalaba la mesa que había ocupado antes de levantarse y me pedía que me fijara en la cantidad de sangre regada en el suelo, el cuerpo se encontraba más allá, doblado -según él- y tenía cientos de cuchilladas. Su forma de lagrimar era absurda, las indicaciones que me daba no. Yo sabía que no estaba bien; pero sus observaciones eran tan precisas que me ofusqué. Pensé que me había quedado ciega de tanto inhalar por los ojos los vapores de las bebidas embriagantes o el humo de los cigarrillos; tanta vida nocturna me había afectado. De pronto me vi levantándome de la caja y empinándome para ver hacia dónde él me señalaba. Las luces estaban bajas y una pareja se mecía entre las mesas; por lo demás, todo era tranquilidad, una tranquilidad inusual, en un sitio donde las botellas siempre salen despedidas. Sólo por seguirle la corriente le dije que era cierto, que podía verlo. Se alegró un poco, pero luego volteó y salió disparado, pude entender que gritaba algo, que decía que tenía que huir de la Policía antes de que se pusieran a acusarlo.

La chica esa fue uno de los tantos personajes que poblaban su imaginación y a los cuales se enfrentaba a diario. Deduje que se trataba de una manía suya o de una enfermedad. Fijaba su pensamiento en algo específico, y no lo soltaba hasta que se había acabado, o hasta que él mismo lo destruía. Si la Policía supiera eso es claro que pudiera seguir una pista de verdad y, de paso, lograr resolver algunos crímenes cometidos en el barrio, que han pasado desapercibidos. Porque ahora que lo recuerdo, es seguro que muchos de los personajes imaginarios que poblaban la cabeza del tipo ese terminaron concretizándose en individuos de verdad que pagaron las consecuencias de su obsesión. Considero que eso fue lo que sucedió aquí, dentro del bar, hace apenas unas horas.

Yo lo había visto muy cambiado, como si hubiera empezado a perder algo de su naturaleza. Ya no sorbía los tragos de la misma manera y miraba en todas direcciones como si estuviera asustado. Había dejado también los libros y parecía que eso le dolía. Cuando hace unas semanas le pedí que me contara acerca de lo que pasaba, se puso muy nervioso. Me pidió que no me involucrara, que me mantuviera fuera de su esfera de acción. Luego se dedicó a decir incoherencias. Lo bueno de tener diecinueve años de atender alcohólicos es que uno aprende a comprender sus balbuceos. Sus medias palabras se convierten fácilmente en mensajes. Me costó un mundo organizar todo lo que dijo, pero lueguito pude saber de qué se trataba. Tenía un nuevo enemigo imaginario, señalaba. Sus enfrentamientos diarios con él le habían destrozado los nervios. Consideraba que este enemigo era poderoso. Había venido desde Italia para acabar con su vida, según le entendí, no sé si mencionó que estaba relacionado con unas organizaciones famosas. No le importaba que lo fueran a matar, incluso afirmó que lo deseaba, pero necesitaba averiguar un par de cosas antes de que lo hicieran. El problema era que su enemigo no descansaba, se le aparecía en todos lados, hasta cuando dormía. Se había preparado para combatirlo, pero entonces el tipo venido de Italia había acelerado sus planes para matarlo de una vez. Se metía en sus sueños y desde allí le imponía las condiciones que favorecían a sus propios planes. Un caso así no era muy usual, comentaba, después de tanto tiempo de batallar con una realidad insólita, verse rebasado lo obnubilaba. Si sólo se tratara de su mundo cotidiano, pero el problema era que... fue difícil entender lo que dijo a continuación, pero yo he hecho mis propias suposiciones. No es lo mismo ver a alguien que te amenaza desde un lugar concreto, a plena luz del día, que percibir que lo hace desde el infierno. Creo que eso era lo que lo había sacado de sus casillas. No se trataba de confiarse a la memoria, ahora también involucraba a su conciencia.

Estuvo unas semanas sin presentarse por el bar, mientras yo me imaginaba lo peor. Me aferré a las noticias, si algo le hubiera pasado, tendrían que saberlo los periodistas.

Un día regresó, había adelgazado y se miraba en su semblante que sufría. Los moratones en los brazos anunciaban que no le había ido bien. Lo invité a unos tragos para que me contara, era la única forma de que abriera la boca. Lo que me narró era descabellado. Más o menos yo lo he organizado en un pequeño relato. Contó: estaba un día de estos, dormido, en su cama. De pronto empezó a ver a su enemigo imaginario dentro de su sueño. Su enemigo lo veía con malevolencia, había tanto odio en aquella cara que no lo pudo resistir, así que buscó la forma de despertarse. A todos nos ha pasado eso, creemos que pataleamos o que contorsionamos el cuerpo para llamar la atención del cerebro. Él creía que se retorcía en la cama, que gritaba tratando de despertarse: no lo logró hasta mucho tiempo después. El problema vino cuando se dio cuenta de que su enemigo estaba también en la vigilia y, de igual manera, lo miraba con un rencor visceral. Parado ante la cama, era la viva estampa del odio. Trató de ser razonable con él, de llegar a algún acuerdo, pero según contó, aquel tipo no entendía de reconciliaciones. Nomás lo vio tratar de apearse de la cama, se le abalanzó con determinación. Portaba un bastón de madera con el que empezó a hacer llover golpes sobre él. De nada sirvió que se refugiara debajo de la cama, hasta allí llegaron los bastonazos. Perdió el sentido, pero hay algo en su inconciencia que le hace adivinar que su enemigo trató de ahorcarlo. Cree que el hombre venido de Italia lo levantó del suelo, rodeó su cuello con un lazo y lo hizo colgar de una viga. Luego se marchó tranquilo. Estuvo unos segundos en el aire, pedaleando, hasta que el lazo cedió. Es probable que su enemigo no se haya dado cuenta o que previó la resistencia del lazo para hacerlo experimentar muchas muertes. Su sospecha se confirmó cuando al siguiente día volvió y repitió la operación, sólo que es posible que esta vez el lazo

118

haya durado más tiempo antes de romperse. El tercer día sucedió lo mismo, y comprende que la agonía que pasó fue más larga, por eso cuando lo vio delante de su cama el cuarto día saltó por la ventana.

Había andado todas estas semanas escondiéndose, orillado, no podía detenerse en ningún sitio, tampoco lograba dormir. Se sentía acuciado desde todas direcciones. En algún momento había decidido combatir a aquel hombre de todas formas. Cuando le pregunté acerca de las cosas que deseaba averiguar antes de que lo mataran, guardó silencio, y otra vez se convirtió en el tipo de antes, el que escrutaba los rincones con curiosidad. Estuve tentada a decirle que fuera a la Policía, que denunciara las amenazas, pero me di cuenta de lo absurdo que eso sería, quién iba a creerle, si ni siquiera yo estaba segura de nada.

Cuando los policías llegaron al bar y colgaron sus cintas, supe que era la ocasión adecuada para hablarles del caso. Me acerqué a tratar de ser la primera en declarar, pero uno de los agentes me apartó con desdén y me dijo que no interfiera en la investigación. Los testigos hablarían después, éste era el momento de los científicos. El cadáver estaba caliente todavía y parecía que iba a echar a andar de un momento a otro; su disposición inusual permitía pensarlo. Después vino un funcionario en una patrulla nueva, tenía trazas de ser un oficial de respeto y mostró algún interés, pero al ver el muerto y sus múltiples heridas, se desinfló. Él fue el de las mediciones, el que quiso que se lo llevaran de prisa. Me pareció que su conducta era inapropiada, sospechosa, ya que siempre el cadáver es lo último que retiran. Con él conversé algunos segundos, me preguntó acerca de lo que había visto y si estaba dispuesta a testificar contra alguien. Yo quería dirigir la plática hacia un tema específico, pero el oficial siempre me atajaba. Me rendí, supuse que ellos no querían llegar a ningún lado, estaban allí porque se los ordenaban, por la legalidad, pero en el fondo, todo lo demás les importaba un pito, o tal vez tantos asesinatos que ocurren en la ciudad a diario los había asqueado. Lo cierto es que apenas reparó en lo que le dije, luego traspuso la puerta e inhaló todo el aire posible que le ofrecía la calle. Cuando volvió, ordenó que ninguno de los empleados fuera a retirarse y que peinaran el suelo con acuciosidad. Así dijo, y se sonó los muslos con las manos. Por esos hay varios tipos que gatean y alumbran hasta el último rincón. Hay tanta suciedad en el piso de un bar pobre como éste, que no entiendo cómo no se han puesto a vomitar hace rato.

Todo esto ya me va a rebasar, acabará con mi paciencia. Necesito ir al baño para pensar bien, para acordarme de manera clara de lo que vi. Si acaso vi algo que fuera de verdad. Los hechos básicos de la existencia, los relacionados con la vida y la muerte, ocurren siempre con celeridad y al grabarse en la memoria lo hacen de manera tan vertiginosa que muy pocos detalles logran permanecer por mucho tiempo. Por eso sólo recuerdo que el tipo aquel entró por la puerta de enfrente y se dirigió directamente hacia mí. Pidió bebida o yo creí que la pedía. Como nadie le sirvió nada, fue a apuntalarse en la pared del rincón, donde nadie pudiera ver sus gimoteos. El hombre que supuse venido de Italia entró unos quince minutos después y también pidió bebida. Nunca lo había visto por estos lares, y por eso me llamó la atención. Su acento era de otro país, lo mismo que su físico. Recordaba a un verdadero matón de los que salen en las películas de la mafia italiana. Debí de dar la razón al tipo ese que lagrimaba en la pared del fondo, pero cuando volteé para buscarlo ya no estaba. El extranjero se sentó tranquilamente a mascar su bebida; de verdad que parecía rumiar cada vez que se llevaba el trago a la boca. El tiempo pasó lentamente y el bar se sumió en una niebla de vapores y olores. Había muy pocos clientes, pero los que estaban rezumaban una atmósfera acre. Creo que esa niebla impedía que se pudiera ver más allá de los dos metros. El extranjero estaba en el límite de los dos metros y hacía bailar el vaso sobre la mesa. Se podía ver que estaba armado, la pistola era tan grande que no alcanzaba a disimularla entre los pliegues de la camisa. Miraba de manera lasciva en todas direcciones y, principalmente, a las mesas donde había hombres sentados.

Hay un espacio entre las ocho y media y las diez de la noche en que me pongo somnolienta, son las horas de sueño perdidas después de tantos años de trabajar en el bar que se manifiestan de golpe en mis ojos. Suelo perder fácilmente la perspectiva a esa hora y me desconcentro. Suerte que no incide en el dinero que recibo, puesto que el acto de cobrar lo realizo casi siempre de manera mecánica, sin pensarlo. Extiendo la mano, sujeto con fuerza los billetes y dejo caer el vuelto, no necesito ver el dinero. Mis jefes lo saben y por eso no se preocupan cuando me ven cabeceando, a veces puedo cerrar los ojos y ladear la cabeza hasta hacerla descansar en la silla. Esta vez no ocurrió así. Fue como si alguien retirara la pantalla de los sucesos que tenía adelante y pusiera otra en su lugar, con tanta velocidad, que todo sucedió en el tiempo que tardan lo párpados en bajar y levantarse. Luego lo que tenía enfrente era un tumulto, muchas figuras se movían en medio de la niebla. Uno pegaba a otro y uno más rodaba por el suelo, no se distinguía bien. La atmósfera se aclaró un poco cuando sonó el primer disparo. El destello de la pistola nos enegueció, pero gracias a ello pudimos adivinar lo que sucedía. El extranjero le daba una tunda al tipo ese. Otros hombres querían intervenir y trataban de detener sus patadas; en el intento resultaba que nadie sabía a quién golpeaba. El que pagaba las consecuencias reales era el tipo ese, que se arrastraba como un perro. Entiendo que, en algún momento, alguien con autoridad entró en escena y puso algo de orden. Aunque los enfrentamientos colectivos iniciados con la pelea no se detuvieron del todo. El tipo ese vino hacia mí y dejó caer un papel sobre la caja. Creí que se trataba de dinero y lo cogí de inmediato. Luego rodeó al extranjero, que se encontraba de espaldas tratando de evitar las manotadas de los demás, y le extrajo la pistola de la cintura. Creí que dispararía, pero no lo hizo, reculó un poco y con la mano libre sacó de la bolsa del pantalón un enorme yatagán. Lo blandió un segundo encima de su cabeza y se acercó al extranjero; apenas pude ver la primera herida, bajo las axilas, luego aquella aceleración que descompone todo y los gritos que parecen venir de otras latitudes. El extranjero no cae, pero tampoco adelanta los brazos para defenderse. Creo que gruñe y dice algo. El tipo ese le contesta de manera tranquila, pero lueguito deja caer el yatagán y le apunta con la pistola. Nunca creí que un arma tronara de esa manera. Los dos primeros disparos parecen formar una onda expansiva que empuja a los contendores al suelo. El extranjero se cubre la cara y retrocede. Dos disparos más nos aturden a todos, incluso yo, que estoy a tres metros de la escena, siento que retrocedo, la silla se dobla y tengo que agarrarme de la mesa con las uñas. Cuando consigo estabilizar la silla, todo ha terminado. El extranjero se ladea, pero estira su manaza derecha para detener su caída. En el esfuerzo arrastra dos sillas y su cuerpo se deposita en el piso con suavidad. Aún suenan dos disparos más, aunque su sonido ya no tiene la misma intensidad.

El tipo ese corre hacia la puerta, mientras todos los participantes en la refriega buscan encajar en la escena sin tener que involucrarse con la cantidad de sangre que salpica. Los que pueden salen por la puerta y se refunden en la noche. Todo queda en silencio, es extraño que nadie intente gritar. Me acuerdo del papel que el tipo ese me lanzó, pero ya no lo encuentro. La onda expansiva debió de hacerlo volar, y es seguro que anda por allí, en algún rincón. Es raro porque la Policía ha hurgado todo el lugar y un papel de ese tamaño debió de llamarles la atención. Aunque puede ser que ellos anden tras la pista de cosas más concretas, de evidencias reales. Una carta, una despedida no irá a decirles nada. Que un criminal sustente el homicidio de alguien que desconoce no es importante para ellos, ni porque las motivaciones que lo llevaron a ejecutarlo caigan en el campo de lo onírico o de la inconciencia. Yo tengo mi propia teoría, pero los policías no quieren saber nada de ella. Para ellos, los bares ubicados debajo de la línea del tren son sitios de muerte por antonomasia y no es ninguna novedad que destacen o acribillen a alguien en su interior. Se atrapa al asesino a través de los testigos y se le da una condena decente, cuando se puede, y nada más. Ya tienen definidas las causas de antemano y es cuestión de saber el calibre de la pistola o el tamaño del cuchillo para sacar las conclusiones: crimen pasional, ajuste de cuentas, pelea de territorio, etcétera. Lo demás queda afuera de la investigación.

Un hombre no puede crear en su imaginación al individuo en que descargará su odio, sostienen sus manuales, ni dejará atrás una secuela de crímenes debido a un pequeño fallo de su memoria. Eso sucede en las películas o en los libros, a nadie que haya pisado la sordidez de manera tan abrumadora puede ajustarle la cabeza para imaginar individuos a los que habrá de matar. Lo cierto es que el tipo ese era inteligente y deslumbraba por su perspicacia. Vivía una existencia tranquila, fumaba sus cigarros, bebía lo que le invitaban o a veces compraba licor barato. La vida lo acuciaba de la misma manera en que lo hace con todos los fósiles humanos que suelen aparecerse por acá. Era un habitante de los infiernos, vivía en la miseria como todos los hijos de este país de mierda, bajaba a los abismos de la locura cuando se emborrachaba, y es posible que haya perdido la cabeza de tantas palizas que recibió siendo un muchacho.

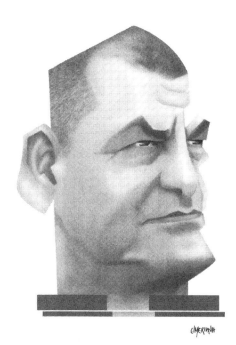

MARIO GALLARDO
(La Lima, 1962)

Es profesor de la Carrera de Letras de UNAH-VS desde 1988. Ha publicado dos antologías de narrativa hondureña: *El relato fantástico en Honduras* (2002) y *Honduras. Narradores Siglo XX* (2005); un estudio de la literatura oral garífuna de la comunidad de Masca, *La danta que hizo dugú* (2007); y los cuentos de *Las virtudes de Onán* (2007), cuyo relato central, que le da nombre al libro, se incluye en esta antología. "Las virtudes de Onán" está narrado por un joven culto y nihilista que, en medio de una agitada vida nocturna en la Costa Norte y evocando a su amada Ixkik, advierte, con una fascinación obsesiva que lo lleva a pegar en una pared las noticias de las desapariciones forzadas en el país, que el mundo no es solamente el sitio del placer y de la fiesta.

LAS VIRTUDES DE ONÁN
Mario Gallardo

> "No la puedo contrariar:
> la vida es un sueño fuerte
> de una muerte hasta otra muerte
> y me apresto a despertar."
> Severo Sarduy, *In my beginning is my end.*

I

Llámenme Onán, le dijo un día a la pandilla de Don Gato. Y no pregunten por qué, agregó, sólo piensen en la simiente derramada. Era viernes de cerveza y mota, como todos los viernes y como casi todos los días. Casi todos los días. Lindos tiempos aquellos y más lindo tu Macondo privado en que Mary Jane no era perseguida y la raza aún vivía la resaca de Woodstock y Bangladesh y éramos idealistas y no queríamos conquistar el mundo ni ser importantes ni toda esa mierda de ser algo en la vida; éramos nihilistas sin saberlo y la nada era nuestro todo.

En aquel tiempo, y sin haber leído *Rayuela* ni ser fanáticos de Siddhartha, ya acariciábamos una suerte de nirvana tercermundista y accedíamos, vía fervorosos jalones a la bacha de mota, a esa realidad otra que La Maga buscaba detrás de las nervaduras de una hoja en sus andanzas por callejuelas y cafés parisinos. Y todo lo aderezábamos con música, que en esa época la entendíamos como un universo cerrado, hermético quizás, donde no cabían más que las cuatro letras eternas y excluyentes: ROCK. Y por rock entendíamos Black Sabbath, Yes, Jethro Tull, Led Zeppelin, Pink Floyd, The Doors, el selecto grupo, las grandes ligas, y luego venían una serie de dioses menores: Eagles, ELP, Boston, BTO, U2, The Police, Supertramp, Alan Parsons, *et. al.*, y para las bajonas recomendábamos a Wakeman y sus siete esposas, cómo no, y para curarte a fondo las melancolías "en cero" (*no beer & no cannabis*), nada mejor que Cat Stevens y su triste Lisa. En aquellos tiempos modernos no había libros de autoayuda ni coritos de mierda ni grupos de rockeritos descafeinados, tampoco se había inventado la mariconería esa del rock en español (qué insufrible hubiese sido que nos quisieran hacer tragar a esos baladistas anoréxicos que hoy tratan de emular a Jim con baladitas reconvertidas y desentonadas con espantoso acento argentino); no, en ese tiempo todo era duro y sin medias tintas. "No existen ideas generales", repetía con aires de suficiencia encaramado en la barra del "Nueva York nunca duerme" a todo aquel que quisiera oírme; "o somos extremos o no somos nada", mascullaba enfático. Y la pandilla de Don Gato asentía levantando las Salvavidas hacia el cielo raso pintado o despintado de azul horroroso, pero que yo alababa con entusiasmo y le llamaba "nuestro cielo protector", después de haberme regodeado con las andanzas de Kit, Tunner y Port. Qué noche aquella. Fue cuando les contaste la historia de las tres muchachas cuyo sueño era tomar té en el Sahara. Pues ya les digo, de ahí viene *Tea in the Sahara*, les repetías; The Police se inspiró en la historia de Outka, Mimouna y Aicha, les decías; y después viene *Wrapped around your finger* sonando en la rockola y entonces retomabas la referencia bizantina y dabas fe de la alusión a las rocas asesinas de Escila y Caribdis… Y así se iba la noche y Prim se limitaba a repetir: "Ah, este pequeño Larousse…" Hermosos tiempos modernos sin espacio para la mediocridad, no había nada *light*, ni cervezas Bahía ni Port Royal, ni cigarritos de amanerado, o Salvavida de camionero o nada, Belmont rojo y Récord y mota a discreción, comprada en El Progreso, donde Mélida, siempre generosa con el escote y con la probadita, el jalón que te anticipaba el nirvana, el último tren a Londres, *stairway to heaven*… Pero ahora eras Onán, el que derrama la simiente, el eterno incomprendido, el falso masturbador, o el gran masturbador (no, ése es de Castellanos Moya), al que castigan por… aunque viéndolo bien, creo que su castigo fue justo, por hipócrita, vicio que debería ser penado siempre con severidad, y luego porque dejó a Thamar insatisfecha, cosa mala por cierto, tan mala que la necesitada muchacha, o tal vez no era ni tan muchacha, sobre todo atendiendo al hecho de que en la Biblia la gente vive matusalénicas jornadas y los viejitos son excepcionalmente potentes, como ya se vio con Abraham, y como se verá luego con Judá quitándole las ganas a su nuera y haciéndola concebir un hermoso par de críos, y luego justificando tal cosa, aunque quizás esta justificación no sea del agrado de las feministas de este nuevo siglo, a quienes es muy probable que tampoco les guste la frase relacionada con las ganas, porque ellas aseguran que no les dan, y se declaran falofóbicas, aunque el apetito sáfico lo mantienen, así anden con un bote de oxígeno a cuestas.

Pero esa ya es otra historia y mejor les cuento la de Onán, al menos por partes, así como la voy investigando, y también como la imagino o como la reescribo, porque desde que ando en esto de la lectura –o de las letras, como me gusta decir para darme importancia- me da por reinventar historias o por plagiarlas, pero a mi gusto, tomando argumentos prestados. Es la *poética del palimpsesto*, les digo a unos empleados de la bananera, quienes han estado poniendo oídos a mi charla con el Socio, a quien, como habrán de suponer, le estoy contando por enésima vez todo este cuento. Lo bueno es que el Socio tiene más paciencia que Penélope y nunca hace mala cara a mis disquisiciones; además, él no fuma, sólo es devoto del lúpulo y la cebada, así que lo toma todo con calma, como si fueran *loqueras* de marihuanero, como en efecto pueda que sean, aunque tal vez no, en fin, quién sabe, lo cierto es que para efectos de esta historia soy Onán y así quiero que me llamen.

II

¿Encontraría a Onán? Tantas veces le había bastado con asomarse a la entrada de "El Calabozo", acostumbrarse a la oscuridad y al humo de los cigarrillos que volvía pardos a todos los gatos, para después reconocer la flaca figura que se recortaba en la esquina de la barra, con el purito refugiado entre los dedos de la mano derecha y la Salvavida descansando sobre su rodilla, apenas sostenida entre el índice y el medio de la izquierda, en una actitud indolente, como si pudiera estar en esa posición para siempre. Pero no estaba allí, precisamente hoy, cuando más necesitaba verlo, el maldito no estaba allí. Lo peor es que se había encontrado al Socio y le había preguntado por él, pero su respuesta fue contundente: "Tengo dos días sin verlo, debe ser otra de sus bajonas, últimamente no anda bien de la cabeza". Si antes andaba inquieta, después de esta respuesta, Ixkik lo estaba aún más, de hecho estaba al borde de la desesperación. Ahora, más que nunca, quería encontrar a Onán, debía decirle que había entendido, que por fin había entendido, que podía ser Thamar y no morir en el intento…

III

—Vas a dejar de ser virgen.

—No me importa.

—Quizás después sí te importe.

—No, nunca va a importarme, por el contrario, será como quitarme un peso de encima. Tampoco me importará si me duele o si no siento placer; he leído que la primera vez no resulta bien para la mayoría de las mujeres, pero después se le halla el gusto.

—Veo que estás decidida, que nada te hará cambiar de idea.

—Así es, nada me hará cambiar de idea.

—¿Y si te digo que yo no puedo hacerlo?

—No te creería, pero de ser cierto encontraría la manera de arreglarlo: "No existen hombres impotentes sino mujeres que no saben".

—¿De dónde sacás tanta cita? Esa frase es de García Márquez, que a saber a quién se la robó. ¿Es que acaso vivís tu vida como si fuera una novela?

—No veo por qué habría de establecer distinciones entre vida y literatura, desde que mi papá escogió para mí este nombre fue como si me hubiera marcado con un fierro, con el fierro de la imaginación y de la libertad que sólo pueden vivirse en los libros.

Pobre. Otra loca. Pero de una locura superior. Loca porque acepta que la llame por un nombre que no es el suyo. Loca por el padre loco que le adjudicó un nombre loco, que sólo podían admirar (o comprender) unos cuantos locos amantes del *Popol Vuh*; para el resto del mundo no sería más que una pendejada, una broma de mal gusto. Me llamo Ixkik, con dos k, advertía cuando te tendía la mano o después de ofrecerte la mejilla con un aire altivo de princesa descalza. Pero para mí sos Thamar, le dije, y ella lo aceptó de buena gana, así como lo hacía todo, con una cierta inercia, con un dejarse llevar que la hacía más mujer, o al menos así pensaba…

IV

Pelón solícito con uniforme de recepcionista de hotel neoyorquino de los años 30 te abre la puerta encristalada y entrás al lobby. Siempre lo mismo: gringos viejos con pinta de jubilados, enfundados en camisetas blancas con dibujos de estelas y las palabras "Copán, Honduras" en letras pequeñas y negras, hablando naderías, junto a gringos jóvenes con pinta de *rednecks* enfundados en camisetas azules donde se lee: "Jesus loves you" en grandes letras blancas.

Por eso odiabas ir a ese hotel (por los gringos omnipresentes); por eso amabas ir a ese hotel (por las espléndidas *cheese burger* dobles y las nalgas de la mesera... y los pechos de la mesera sobre los que destaca un gafete con el nombre grabado en letras negras: "Judith"), donde podías comer bien y a precios razonables. Logras pasar indemne entre la invasión yanki no sin antes haber dejado algo más que un par de ojos lascivos en el trasero opulento de una gringuita que te vuelve a ver con equívoco fervor religioso y te ofrece un trifolio donde te advierten, en un español más bien torpe, que el fin del mundo está cerca y no te queda más que confesar tus pecados y aceptar a Jesús, a menos que estés dispuesto a enfrentar una eternidad envuelto en llamas. "Jeísus tei ama", te recuerda la gringuita

DOCE CUENTOS NEGROS Y VIOLENTOS

cuando ya estás entrando en el ámbito gastronómico de la cafetería y buscás con mirada ansiosa a Judith.

Piernas bien torneadas, tan bonitas que ni las horripilantes medias blancas de viejita pícara logran disminuir su inaguantable atractivo; nalgas respingonas, tan deseables que ni el corte victoriano de la falda-uniforme hotelera logra disminuir su magnetismo insoportable; pechos erguidos, tan orgullosos que ni la antiestética fila de botones que aspira a contenerlos logra disminuir su intolerable hechizo; cara de madona renacentista, ojos verdes de gata en celo, en suma: perfecta, a no ser por el sonsonete inconfundiblemente santabarbarense con que te pregunta: Buenas Onán, ¿le sirvo lo mismo de siempre?

"Lo mismo de siempre". Ahí estaba de nuevo el enemigo oculto, la frasecita aparentemente inocua, pero que te resultaba tan mortal. Sobre todo por la unión de esa sucia palabreja (mismo) con esa otra "expresión" de resonancias tan definitivas (siempre); juntas eran como una bomba atómica que con sórdida frialdad devastaba tu sensata y juvenil aspiración a ser impredecible. Y hablando de acontecimientos predecibles, pues ahí estaba Judith repitiendo el ritual que tanto te excitaba, aunque era tan mínimo (tan secreto) que ninguno de tus amigos lo entendía: la mano se desliza con suavidad hasta el fondo de la bolsa de la falda, supuestamente para extraer la libreta y tomar el pedido, pero se detiene casi en forma imperceptible sobre el muslo, luego se desvía hacia el pubis y allí se aquieta, morosa, casi podría decirse con deleite, luego te mira y sus ojos la delatan: se está acariciando, te imaginás su dedo rozando el *amor veneris*, por un instante apenas, por una eternidad, casi.

—Tenemos sandía, ¿va a querer un jugo o le traigo la Coca-Cola?

—La Coca está bien y la *cheese burger deluxe*.

Ya el encanto se ha roto, Onán y Judith suplantados por El Cliente y La Mesera; de nuevo la Gran Costumbre nos ha cortado el sueño...

V

Showtime! Señoras y señores. *Ladies and gentlemen.* Muy buenas noches, damas y caballeros, tengan todos ustedes. *Good evening, ladies & gentlemen.* "Lady Fashion", el cabaret más fabuloso de esta ciudad y sus alrededores, les da la bienvenida a un evento único, propio sólo de las grandes urbes mundiales. Porque señoras y señores, *ladies and gentlemen*, hoy serán testigos de un acto sin precedentes en la farándula nacional: el primer "Miss Honduras Tercer Sexo Belleza Nacional". Sí, damas y caballeros, el evento por excelencia de la belleza nacional por fin sale del clóset para presentar su versión más desenfrenada, *unplugged* y sin censura, donde podrán admirar a las más despampanantes bellezas gay de nuestro país y, además, tendrán el privilegio de ayudarnos a elegir a la mejor concursante, quien esta noche se ceñirá la corona y hará ostentación del cetro que la distinga como la primera "Miss Honduras Tercer Sexo Belleza Nacional". Pero ahora demos paso a nuestra anfitriona de esta noche: la sensacional y desprejuiciada, *the one and only*, la única, la emperatriz del chisme, la sensacional exreina del club *"Black King Size"*, la incansable y esbelta a pesar de los kilos de más: Sarah Dobles. ¡Arriba el telón! *Curtains up!* (Suenan aplausos, ¡qué va!, cerrada ovación que precede a la entrada de una maciza y paquidérmica figura vagamente femenina, enfundada en una maquiavélica pieza de tela negra brillante que apenas contiene su vacilante humanidad). Y una vez instalada frente al micrófono, agradece con impostada voz la gentileza del respetable público, mientras de sus falsos ojos color esmeralda resbala, pudorosa, una miserable lágrima de cocodrilo.

VI

¡A qué horas me fui a meter en esta mierda! Bueno, lo cierto es que fue aproximadamente hace unas seis horas. Te acababas de acodar en la barra del hotel y cuando apenas empezabas a calcular para cuántas cervezas te ajustaban los 238 pesos que andabas en tu cartera, oíste que una voz decididamente rara, entre vieja ronca y maricón afónico, te decía: hola guapo, ¿ya no te recordás de mí? La sorpresa al voltear fue mayúscula, era *Moby Dick* en versión femenina, la vieja que te habían presentado en la casa del Buitre hacía unas cuantas noches, durante uno de los aquelarres que la pandilla de Don Gato organizaba aprovechando la ausencia de los viejos del arriba mencionado *Coragyps atratus* (nombre científico del falconiforme amigo, a quien sorprendiste con ese latinajo, que a su juicio le dignificaba el carroñero apodo). Y cuando estábamos en lo mejor de la fumada, extraordinaria *cannabis*, por cierto, roja y con aroma a pimienta, y nuestros oídos estaban deleitándose con los acordes finales de *Ritual* (*Nous sommes du soleil*, para los adoradores de Yes, 21:35 minutos/segundos exactos de loquera progresiva), pues que se abre la puerta e ingresa el Buitre, quien sin darnos tiempo para recetarle la respectiva puteada por haber interrumpido de forma por demás grosera nuestra audición, nos dijo: les presento a una amiga, es buena onda y… sin dejar que cuajara en nuestra mente la idílica visión de un 40-22-36 afianzado en unas piernas interminables, pues que nos golpea la realidad con el mazazo inobjetable de un auténtico Everest adiposo que apenas lograba que su cuestionada humanidad trascendiera el marco de la puerta, por lo que *in situ* se presentó a lo Bond: "Hola guapos, me llamo Sarah, Sarah Dobles".

VII

Desde la puerta del hotel Onán mira la Primera Calle: sin amor, automóviles, edificios desiguales y descoloridos, esqueletos de avisos luminosos flotando entre el vaho que se eleva de las calles en esa tarde gris y lluviosa. ¿En qué momento se había jodido Honduras? Pero no le preocupa mucho encontrar la respuesta. Por ahora tiene que decidir qué hará con su vida en las próximas horas. Así son sus plazos, nunca piensa en el futuro, para él no hay dilemas metafísicos que valgan, la vida se vive una sola vez y cada minuto es el último, o como le gustaba decir: "Sólo vivimos el presente, el ayer ya pasó y el futuro es incierto". Aunque estaba lo otro: la pesadilla, la enorme masa esférica que amenazaba con asfixiarlo, pero de manera lenta y contenida, como dándole tiempo para reflexionar en torno a la inutilidad de su existencia. Debía resolver uno de sus inestables futuros a cortísimo plazo, en ese momento debía decidir qué haría durante las próximas horas, no sabía cuántas, pero ya le empezaba a sentir gusto al mecenazgo de la Sarah y el columnista homosexual, aunque este último ya lo tenía harto con las miradas de perra flaca que le disparaba cada dos minutos, era la misma expresión de gay arrepentido de la que hacía gala en el daguerrotipo que adornaba la columna semanal que aparecía en un mediocre diario de la ciudad, supuesto espacio para reflexión, pero que apenas le servía para seguir manteniendo su fachada de presunto intelectual trasnochado, aunque no hacía más que pastichar recortes de revistas del corazón con los que matizaba su devoción *full time* con Evita Perón, en quien aspiraba reencarnar en su próxima vida. Pero Onán ya llevaba siete Salvavidas entre pecho y espalda, había engullido un sándwich club acompañado de las inefables *french fried potatoes* y en el intermedio se entretenía rumiando cacahuates, que con inglesa exactitud les llevaba una mesera de piernas sublimes tras cada ronda de tragos. Pero ya eran casi las cinco de la tarde y veía cómo la inquietud hacía presa de sus acompañantes, quienes querían saber si los acompañaría al "evento" al que debían asistir esa misma noche. No me gustan los "eventos", les había dicho al principio, pero luego, con la alegría Salvavida entre pecho y espalda, el mundo se hacía cada vez más soportable y la propuesta era cada vez más viable. El no inicial y enfático había sido sustituido por un "déjenme pensarlo un poco mientras me tomo otra cerveza", que fue recibido con pequeños aplausos por la pareja, quienes luego apostillaron: "Está bien, una cerveza siempre ayuda a pensar mejor las cosas". Frase que ni remotamente tiene calidad de axioma, como se verá más adelante.

VIII

¿En qué momento se había jodido Honduras? Porque era incuestionable que la premonición adelantada desde la descabellada decisión de adjudicarle nombre de abismo, ahora se había convertido en una flagrante realidad, hasta para un barzón cínico y arrogante como yo, que detesta esa porción de existencia llamada realidad, que incluso realiza sus mejores esfuerzos para pasar cada minuto de su vida fuera de esa prisión, que incluso había reconvertido el cortazariano concepto de "realidad otra" para justificar esa obsesión escapista; hasta para un detestable y adorable vago como yo era un hecho que Honduras estaba jodida, y lo peor es que después de Tela la mierda te había salpicado y ahora contaminaba con su hedor insoportable tu preciada y abúlica y gratuita existencia. Lo que empezó esa noche maldita, que debió estar marcada por el placer, tuvo efectos casi inmediatos, el más relevante de todos, el más obsesivo de todos fue "La pared de los recortes", que cada día aumentaba su volumen de historias, amenazando con cubrir totalmente el lado más largo de tu cuarto y que fue recibida de variopinta manera por los miembros del núcleo familiar: tu papá se encogió de hombros, mientras tu mamá apostaba por un cándido optimismo y señalaba que tal vez ahora te daría por estudiar sociología o periodismo, después de tus fallidas incursiones en medicina e ingeniería, mientras tu hermano se limitaba a decir: "ese hijueputa es que se la está fumando verde, mamá". Pero no era asunto de mota ni de guaro, era otra cosa, era una obsesión exacerbada: abrir los periódicos cada mañana y buscar las huellas que la Bestia había dejado ese día, y a partir del 19 de julio de 1982 la pared empezó a llenarse con su diaria actividad:

Desaparece catedrático universitario

Tegucigalpa. El catedrático de la UNAH Miguel Antonio Barahona desapareció el 8 del presente cuando se dirigía a pie al Hospital Viera a visitar a su novia…

Y así empezó una nueva colección.

IX

Neruda coleccionaba mascarones de proa, Hemingway se dedicó a atesorar cocteles a base de ron o de whisky o de cualquier licor, la onda de Fuentes era con los gatos, y a Tito Monterroso le daba por perseguir cuanta edición del *Quijote* hubiera salido de la imprenta; yo no soy un escritor reconocido, pero ya tengo mi manía: colecciono enemistades.

Esta sutil adicción, como todas las adicciones, tiene un comienzo. Creo que fue cuando apenas tenía conciencia de mi ser en el mundo, había cumplido recién los seis años y estaba en primer grado, feliz con mi bolsón de cuero, duro y reluciente, listo para recibir los cuadernos con sus páginas invictas y el paquete de lápices Dixon Ticonderoga No. 2, así como las plumillas de aguzada punta metálica que hacían juego con el tintero, que atesoraba el líquido negro y espeso que después se convertiría en palotes y óvalos bajo la severa mirada de la maestra. Era el primer día y los nervios eran evidentes entre todos los novicios, hasta el aire tenía un olor nuevo e intimidante a pintura nueva, a ropa nueva, a zapatos relucientes, a brillantina aplicada a pegotes sobre las rebeldes cabelleras; veintisiete pares de ojos aturdidos, deslumbrados ante la súbita inmersión en un mundo absolutamente nuevo, y cuando apenas los corazones empezaban a aquietar su galope desbocado, el ríspido chirriar de una puerta mal alineada dio paso a la figura cuadrada y memorable de la profesora Miriam. No tengo tantos recuerdos de ese día, tal vez abrimos los cuadernos y empezamos a "aflojar la mano", a convertir a los dedos pulgar, índice y medio en fieles servidores de nuestra mente, hasta entonces libre, pero ahora enfrascada en el aprendizaje de las primeras letras; pero el momento cumbre fue después del recreo, cuando nos entregaron nuestro primer libro de lectura.

Era una edición modesta, pero de tapas lustrosas y brillantes ilustraciones que destacaban en medio de apretadas hileras de negras palabras que se imponían con firmeza sobre el fondo albo. Era un verdadero libro de lectura, con cuentos y poemas y fábulas: Martí, Esopo, Quiroga y La Fontaine discurrían por sus páginas, que luego serían sustituidas por las tonterías de Capullo y Colita, por obra y desgracia de una estúpida reforma educativa. Pero volvamos al asunto que nos compete. Una vez empezamos a hojear el libro por encargo de la profesora me di cuenta que delante de mi pupitre se realizaba una escena muy particular: uno de mis condiscípulos, un chico grande y gordo, vestido con *shorts* ridículamente cortos, se dedicaba a embadurnarse el dedo con la tinta negra de su plumilla y luego, con esmero, la untaba en el asiento de enfrente, donde era inminente que vendrían a descansar las nalgas de otra condiscípula, que en ese momento se encontraba haciendo una consulta a la profesora, mientras tanto, la cara del gordo era un poema a la gratuita maldad infantil, sonreía y sus ojos brillaban, pensando quizás en los nefastos efectos de su travesura. Aunque dudé un poco, fue en el momento que Laura, porque así se llamaba la posible víctima del Gordo, se enfiló rumbo a su pupitre cuando tomé la decisión que había de marcar mi vida; me paré y le dije: ¡Laura no!, ¡no te vayas a sentar en el pupitre, está lleno de tinta! Y casi al mismo tiempo te volviste hacia la profesora Miriam y, lanzando un dedo acusador, dijiste: "Fue el Gordo, y lo hizo por joder". Aunque sentiste el odio visceral en la mirada que te lanzó el Gordo, un extraño gozo invadió todo tu cuerpo: era tu primera enemistad.

X

Y la cerveza. ¿Cuándo te empezó a gustar tanto? No tenías una fecha exacta, pero fue allá por junio de 1977. Todo un descubrimiento, sobre todo por esa sensación de alegría que te dejaba, por la manera en que ayudaba a llenar ese hueco incómodo en el lado izquierdo del pecho, allí donde parecía que se gestaban todos los males posibles, pero también las alegrías inesperadas. Aunque no recordabas la fecha, sí tenías presente los detalles de esa tarde-noche memorable: el amargo recorrido del líquido por tu garganta, la frescura de la espuma en tus labios y, después de la primera, todo caminó sobre ruedas: amor al primer sorbo, idilio ininterrumpido desde entonces. Incluso, te diste a la tarea de investigar algunos detalles en torno a tu nueva obsesión, para no perder el bizantino sentido de tu existencia. Así aprendiste que, según la mitología egipcia, fue Osiris, dios de la agricultura, quien enseñó a la humanidad el arte de fabricar cerveza. La cerveza egipcia se producía enterrando cebada en recipientes de germinación, la papilla de malta fermentaba por la acción de levaduras salvajes. El uso del lúpulo se cree que empieza en el siglo VII a.C. y la fabricación de cerveza estaba extendida por el norte de Europa ya a comienzos de la era cristiana. También te dedicaste con entusiasmo a estudiar la relación entre las *ale* y las *lager*, sin olvidar la *opera omnia* de las *bitter, India pale ale, mild ale, stout, Scotch ale, barley wine, Cask ale, altbier, Bock, doppelbock, Rauchbier,* hasta llegar a las toponímicas *Pilsen, Münchener y Burton.* Pero en esta babel de cebada y lúpulo tu fidelidad era indeclinable y ultranacionalista: *Salvavida über alles.*

XI

Ya eran ocho los envases oscuros que se recortaban sobre la mesa y la inquietud de la Sarah y el columnista homosexual era más que notoria, pero cuando parecía que la tensión iba a estallar les regalaste tu mejor sonrisa acompañada por la frase definitiva: ¡Vamos al evento pues! El columnista aplaudió regocijado y la Sarah te estampó un sonoro y húmedo beso, con tendencias a resbalar de la mejilla a la comisura de los labios. Una vez que te ganara la inercia, desentendido en forma absoluta de la cuenta, que la mesera ya blandía en su mano derecha y que el columnista se apresuró a tomar y cancelar con presteza propia de su "géncro", resbalaste por el tobogán de los sueños rotos y, en medio de la incipiente bruma alcohólica de las seis de la tarde te encontraste de repente abrazado por la comodidad de los asientos de cuero del auto en que se transportaban tus nuevos "amigos", con la proa enfilada hacia el evento tan temido.

XII

Sarah se transformó una vez que puso sus pies en el escenario, si es que se le podía llamar así a la tarima que habían instalado en "Lady Fashion", antro surrealista a más no poder. Una vez cruzado el umbral, las luces parecían sacadas de *Saturday Night Fever*, y tanto Sarah como el columnista parecían peces en el agua, saludando aquí y allá, con sonoros besos a la europea, en ambas mejillas. Tal parecía que una versión vernácula de *La jaula de las locas* se había instalado en esa esquina del mundo: en primer plano la Mujer Maravilla se abrazaba con Celia Cruz, y un poco más allá eran Madonna, Farrah Fawcett y Linda Evans quienes se diluían en un interminable beso a tres lenguas, sin contar con las chicas vaqueras, las reinas del *strip tease* y hasta una Lily Marlene con bigote recién rasurado, quienes, sin poder ocultar totalmente el notorio bulto de la entrepierna, completaban esta *corte de los milagros*. Luego del besamanos, Sarah se disculpó con un "los dejo queridos, tengo que ir a vestidores"; y te viste obligado a quedarte en compañía del columnista, flanqueado por un vejete con el pelo pintado y un ser de género (y edad, podrías agregar) indefinido, flaco y amanerado, de cabello ralo y ondulado y color a la mitad entre rojo y ocre, a quien luego de observar con mayor detenimiento, finalmente lograste identificar como el "conductor" de un popular programa dominical de concursos. En ese momento hablaba con "pelo de zanahoria" mientras el columnista asentía con efusión sin atreverse a opinar. Mejor refugiarse en la siempre fresca Salvavida, y mientras el néctar de los dioses se desliza por tu garganta, te hundes y no puedes dejar de pensar en las líneas del poema que tanto te tocaron:

Aquí peno el gozo de ser yo. Quemar el aceite.
Coger una burbuja de música, un pistilo de luz, una miga

de amor que cayendo de la mesa el corazón la huele, lame, come.
Se muere de vivir. Muriendo de lo que amo
aquí me tengo allí vela de muerte. Mudada que sin dicha
un marinero llevó bajo la lluvia.
Porque vengo me voy.
Penélope me alumbra. A sus pies anclaré nauta siempre,
y en su pecho donde he velado mis uvas
entraré mendigo de mí mismo.

Hasta cuándo esta orfandad, este peso inconcebible, esta soledad. Qué dolor, qué pena, esos eran los momentos peores de tu existencia, la angustia infundada generando el agujero océano que se abre en el lado izquierdo del pecho y que ni la cebada ni el lúpulo ni la *cannabis* logran llenar. Una lágrima se escapa y el sabor a sal parece el complemento ideal para la persistente opresión en el pecho. Es como un bloque sólido de peso inconcebible que se concentra sobre el lado izquierdo. Pero la pesadez se torna costumbre y hasta se extraña cuando es sustituida, apenas minutos después, por una levedad casi mágica: la noche ha pasado y la muerte no puede sentirse orgullosa, su aliento oscuro y premonitorio te ha tocado, pero la vida sigue su ruta.

Primero un casi interminable suspiro y luego el alma vuelve al cuerpo. Apuras el último trago de la cerveza en tanto que el columnista gay, solícito, ya te ha pedido otra Salvavida mientras sus compañeros de mesa alaban su esmero y te lanzan sendas miradas de afilados contornos. Te levantas sin pedir permiso y con rápidos pasos te sitúas cerca de la barra, que ocupa casi toda una pared del "Lady Fashion", intuyendo que en ese extremo se oculta la puerta de los servicios sanitarios. Echas una mirada al escenario, donde Sarah se ha convertido en la Cuba Venegas de la gran noche gay y recibe el aplauso cerrado del respetable público. Pero ya estás frente a la puerta, el olor a amoníaco es inconfundible, tan penetrante que casi te hace estornudar. Adentro el olor es más fuerte, un aderezo tropical de sudor y secreciones venéreas, el ambiente está lleno de humo y al abrir una puerta te topas de golpe con el doble de Freddy Mercury en pleno sexo con un mulato, ambos te miran pero no les importa que seas testigo de su *show*, más bien parecen estar contentos y actúan, es como si no lo estuvieran haciendo, están representando un papel y hacen gala de su abyección: las posturas son más procaces, los gemidos más intensos, las palabras más insultantes, luego cambian de posición y el mulato ensaya una felación mientras Freddy le acaricia los cabellos ensortijados, pero, en medio de esa excitación, en apariencia tan desenfrenada, no pierden de vista a su *voyeur*. Otra puerta es azotada con fuerza y el sonido te inquieta. Vuelves la vista y Freddy ha eyaculado, mientras tanto, hincado sobre el sucio piso, el mulato sonríe, saca la lengua y te guiña un ojo.

Ya estás afuera del antro, las arcadas te sobrevienen una tras otra y el vómito es espeso, ácido. Apenas te sostienes, pero sabes que no es a causa de la cerveza. Lentamente, alzas la cabeza en busca de aire, respiras una, dos, tres veces: inhalar/exhalar/inhalar/exhalar/inhalar/exhalar… la ley de la supervivencia, el retorno al mundo de los vivos. Buscas en la bolsa delantera del pantalón y encuentras, arrugado pero indemne, un paquete de Belmont, del bolsillo delantero sacas un diminuto encendedor, color verde, regalo de Ixkik (mi princesa maya, dónde estás en esta noche triste, por qué no estar a tu lado, refugiado entre tu pelo negro y brillante, jugando a despertar tu pezón izquierdo, persistiendo en el fugaz encuentro entre mi lengua y tu *amor veneris*, por qué perder el tiempo en esta búsqueda, por qué seguir hundiéndome en la mierda para expiar culpas inexistentes, por qué no aceptar la normalidad, a estas horas ya estaría en "El Calabozo", esperando en una esquina hasta verte llegar, furtiva como gata en celo, con tus piernas interminables, mi Thamar no poseída, otra penitencia, otra renuncia, otro cilicio para probar la entereza, una nueva mortificación para probar el amor verdadero, para saberme distinto de la pandilla, para contarles a todos, para que todos se enteren de mi nueva locura, para que me digan pendejo por no haberte cogido todavía, para saberme Onán; pero ellos no entienden, ellos no saben nada del agujero océano en el lado izquierdo del pecho, tampoco entienden "La pared de los recortes", pero es que ellos no saben lo de Tela, para ellos es sólo otra loquera, porque no nos interesa la política, ni el país, ni tenemos compromiso con nadie, sólo queremos vivir cada día como si fuera el último, ser extremos y marginales, fumar mota, escuchar rock y beber cerveza hasta morir... aunque morir es no tenerte en esta hora... Ixkik, morir es saber que me estás esperando, donde quiera que estés... morir es saber que te necesito... adiós). Me lo dio la última noche que estuvimos juntos, después de masturbarme y eyacular sobre sus pechos enhiestos, después que exigiera ser empalada, después que me negara, después de los besos más dulces. Al despedirme —cuando rebuscaba en mis bolsillos en busca de los fósforos— alargó su mano cerrada y, al abrirla, en la palma reposaba el diminuto encendedor. "Tomá, para que ya no andés con esas cajitas tan feas y con ese gato de la mala suerte", me dijo. Lo tomé y le besé la palma abierta de su mano, y se me encogió el corazón.

Me apresto a encender el cigarro, pero oigo ruidos y me escondo detrás del poste. Se escucha una voz que primero apela a la marcialidad de la orden, pero después se afina y, atiplada hasta la mariconería, exige: "Te ordeno que me besés hijueputa cabito de mierda; vaya, no seas malo, dame un beso papito". Se apoyan en el carro que está al frente y los puedo ver bien: uno es alto y joven, anda con una fatiga militar, pero no está armado, el otro es más viejo, no distingo bien su cara, pero anda con una cubayera blanca y un pantalón de tela oscura, es el que da las órdenes marciales, es el de la voz atiplada, y en ese momento se prende de la fatiga del joven y arquea el cuerpo obligándole a que lo bese. El otro al principio se resiste, pero luego cede y lo abraza con pasión, ahora el más viejo se deja caer; hincado, le empieza a bajar la cremallera mientras le manosea las nalgas, parece que tiene problemas para encontrar lo que busca, pero al fin con su mano derecha extrae el apéndice carnoso que lame con fruición, en ese instante intenta acomodarse y voltea la cara, entonces la luz mortecina del farol le ilumina y lo reconozco: "sicario de rostro cuadrado y ética de buitre", la calvicie incipiente y los labios húmedos; ya no tengo dudas, es la Bestia... y también me ha visto.

XIII

Despierto con un terrible dolor de cabeza y al intentar abrir los ojos me doy cuenta que estoy vendado, apenas me paso la lengua por los labios y casi no soporto el ardor, los tengo reventados, tumefactos. También siento un agujero donde antes estaban los dientes delanteros superiores, trago un poco de saliva sólo para hacer un tímido buche y después escupo sangre; pequeños coágulos quedan adheridos a mi lengua. El ojo derecho me duele demasiado, la hinchazón la presiento monstruosa. Intento darme vuelta, pero una patada en el estómago me disuade. Intento hablar, pero otra patada en la mandíbula me conmina al silencio. Una lágrima, dos, tres, muchas, ruedan en silencio por mi rostro. No necesito analizar nada, sé que para mí no habrá futuro. No soy un héroe, no esperen de mí un acto heroico. No soy un militante de la izquierda, tampoco milito en la derecha, soy un pobre vago pequeñoburgués, un despreciable mantenido, conspicuo miembro del despreciable partido de los que no tienen partido. El carro en que viajamos se detiene, escucho voces pero ya no entiendo lo que dicen, tampoco necesito entenderlas. Me lanzan desde el carro y trago tierra al caer, el polvo me hace cosquillas en la nariz, pero no puedo estornudar, tengo un dolor tan grande que ya no lo siento. Éste es el momento, ya se lo que vendrá, mi pared de los recortes me ha enseñado lo que sigue, pero no me preparó para la última humillación: el chorro espeso de orina que me da de lleno en la cara. Incluso he tragado un poco y las risas no se hacen esperar. "Acabemos con esta mierda", ladra una voz. Alguien se coloca detrás de mí y siento el cerrojazo cerca de mi oído, casi al mismo tiempo que la fría indiferencia del cañón apoyado en la base del cráneo. Extrañamente, el agujero océano ha desaparecido del lado izquierdo del pecho. No tengo miedo. Sólo pienso en Ixkik.

DARÍO CÁLIX
(San Pedro Sula, 1988)

Realizó estudios de Letras en UNAH-VS. Es miembro fundador de La Hermandad de la Uva. Poemas y cuentos suyos han aparecido en varias antologías como *Sociedad Anónima* (2007), *Cuarta dimensión de la tarde* (2010), *Entre el parnaso y la maison* (2011) y *Tierra breve: Antología centroamericana de minificción* (2017). Ha publicado la novela *Poff* (2011) y los cuentos de *El último tango en San Pedro* (2015). A este último libro pertenece el cuento "Balada del último yugoslavo vivo en La Tierra" incluido en esta antología y en él se narra una parte de la vida de un yugoslavo que vive de las rentas, herencia de su fallecido padre pedófilo, en San Pedro Sula, una ciudad en donde, de pronto, han empezado a aparecer niños asesinados.

BALADA DEL ÚLTIMO YUGOSLAVO VIVO EN LA TIERRA

Darío Cálix

1

Junio despierta con un grito de espanto, como ya es costumbre en él últimamente. Coloca un enorme espejo justo enfrente de su cama con el propósito de ver ese extraño espectáculo cada mañana. Había visto el terror, el verdadero terror, en las caras de sus víctimas, pero yo, pensaba Junio, yo nunca he sentido miedo. Claro, eso era antes de que empezaran las pesadillas, entonces sí supo lo que era el miedo y ahora hasta sabe de sus otras dimensiones, tales como el espanto y el horror. Entonces empezó a preguntarse cuál era su cara, de qué maneras cambiaba *su* rostro en esos momentos en los que ya no soportaba el miedo ni un instante más y ¡*crac!*, despertaba: así que decidió instalar el espejo frente a la cama.

Después de recuperar la conciencia, Junio seguía viéndose al espejo y se reía de su yo asustado mientras que, paulatinamente, su yo impávido y frío de siempre (su yo natural) lo reemplazaba.

Vive en un apartamento ubicado en el centro de San Pedro Sula que le heredó su difunto padre, un yugoslavo excéntrico y adinerado que vino a morir acá y, entre otras cosas, a abusar de cuantos niños desamparados su fortuna y su vejez le permitieran.

A los primeros días de llegar a Honduras, Junio, como siempre hacía al llegar a un lugar nuevo, le preguntó a su padre cuándo volverían a casa, a su amada Yugoslavia. Su padre le repetía la canción de siempre: "Hijo, venimos de un país que ya no existe".

Quizás por haberla escuchado tantas veces fue que la frasecita le sonó como de telenovela. Le resultó insoportablemente fastidiosa y además, estaba ese calor infernal, el desorden vial, el ruido a un volumen insalubre, la comida intragable, el agua sospechosa, la omnipresente basura, los mosquitos, tantos mosquitos de cien picadas al día, ¡por dios!, ¿y qué jodido fin tienen los mosquitos en los ecosistemas sino el de fastidiar a las otras especies para que se apresuren a moverse de lugar en lugar y no se pudran o sean comidos? Papá, ¡por favor!, LARGUÉMONOS YA DE ESTE PANTANO DE MIERDA.

Esa fue la segunda advertencia, le dijo su padre a secas, después de pegarle un puñetazo en la mejilla izquierda que lo tumbó, a pesar de su avanzada edad y de que el mismo Junio ya era un hombre hecho y derecho, grande y fuerte (desorientado, le parecía escuchar a su padre repetirle la vieja historia de que los hombres de su pueblo solían cazar jabalíes con sus propias manos como signo de virilidad, historia exagerada, inverosímil, ¡oh!, hasta que te deja ir esa mano vikinga en la jeta y ya, ya, todo era, todo es verdad).

La primera advertencia se la había dado hacía mucho tiempo, cuando apenas tenía ocho años, en una ocasión en que le pegó una patada a su ahora difunta hermana: lo ató de la pierna —con la que le pegó la patada— a un árbol del patio trasero de su casa por media hora. ¿O fue una hora completa?, ¿o nueve?, ¿o tal vez cien? Momentos así parecen durar mil horas y ni el más empecinado de los intentos se lo puede arrancar a uno de la memoria.

2

Después de despertar y de ver su *show* favorito en el espejo, Junio prepara su único plato de comida del día: un nutritivo estofado de lo que dios quiera. Usualmente a las tres de la tarde.

En la esquina compra el periódico del día y, como hoy es fin de mes, enfila hacia dentro de la jungla, hacia la parte honda del pantano, como la llama él, y luego sube por la Primera Calle en busca de una de las plazas más viejas del centro de la ciudad (otra herencia de su padre). Cuando al fin llega, inicia un ritual que no le causa placer ni fastidio, es simplemente algo que debe hacer para seguir vivo: cobrar la renta de local en local.

Siendo la mayoría negocios y clientes de antaño, no tiene problemas con la paga, excepto por una librería manejada por un homosexual a quien Junio se obstina en llamar Archimboldi. Junio es persona de pocas palabras, pero se divierte subyugando a ese librero en quiebra.

"Por favor, don Junio, mire que las ventas están demasiado bajas, ya ni los fans de Coelho me vienen a comprar... tiene que ayudarme, tiene que tocarse el... corazón, y ¡darme un mes más de prórroga! Se lo suplico, don Junio, esta tienda es mi vida, mi ser, mi... TO-DO". "Te doy 15 días más, Archimboldi. Última palabra". "Ay, don Junio, mil gracias. Pero recuerde que en realidad me llamo Arnoldo, por dios, ¡siempre tengo que repetírselo!" "Hasta que no me pagues te llamas como yo quiera, Arnalgo". Arnoldo asiente, sumiso, mientras la figura de Junio se mueve pesadísima hasta la salida. Cuando sale de la librería nota que anda sueltos los cordones de un zapato; al agacharse para amarrarlos observa asombrado que el zapato está salpicado de sangre... Sale corriendo (en cuanto su peso y altura se lo permiten) hasta su guarida: lo más cercano en la historia a ver un elefante paseando por las calles de San Pedro Sula. Un elefante asustado, además.

3

Sentado frente a una pared y bajo una luz amarillenta, Junio lee la noticia del día. Se trata de un reportaje especial acerca de una serie de misteriosos asesinatos contra "niños de la calle" en el centro de San Pedro Sula. "Asesinatos de infantes ligados a culto satánico", reza el título del artículo, haciendo un amarillo énfasis en que la mayoría de los asesinatos (más de 12 en los últimos seis meses) se han llevado a cabo alrededor de la Catedral de San Pedro Apóstol, justo enfrente del parque central de la ciudad.

Junio parece gruñir la palabra "falso", pero lo más seguro es que haya sido algo en su lengua nativa.

"Los miembros de la secta", continúa el artículo, "se aprovechan de los infantes que vagan por las calles del centro de la ciudad, ya que estos duermen a la intemperie y pasan generalmente drogados con Resistol y otras drogas". Palabras de Romeo Imiliano, obispo auxiliar, quien da refugio a algunos niños de la calle. "La poca vigilancia que hay en la zona en horas de la madrugada expone terriblemente a muchos menores, que muchas veces están profundamente drogados y no pueden identificar el peligro por inminente que parezca, ellos duermen literalmente a merced de esta secta de asesinos sicópatas".

Más ruidos provenientes de la boca de Junio, boca tumba, boca de lengua moribunda.

"La jura no hace nada compa", dice uno de los infantes, razón por la cual muchos se niegan a declarar. Los pocos que se animan cuentan historias inverosímiles acerca de un monstruo enorme de ojos azules que aparece después de medianoche y merodea toda la Primera Calle, otros hablan de una sombra y algunos hasta mencionan al mismo Diablo".

"A mí se me salió el demonio de un sueño", afirmó May, quien tiene 9 años de edad y conoce las calles desde los 5 años, según dice. "Yo lo vi bien cómo se me salía de la boca y se fue encima de mi amigo el Chiqui que estaba durmiendo a mi lado. Yo lo quise agarrar pero el demonio me tenía quieto, compa, no me podía mover para nada". "Con el asesinato del menor Jeffrin Fumoy, ya suman 23 en el último año. La Policía Nacional sigue investigando los hechos. No descansaremos hasta dar con los responsables, finalizó Leiva Fuentes, vocero de la Policía Nacional de Honduras".

En efecto, Junio gruñe. Tira el periódico a un lado y sale a la calle. Son las 2 y 58 a.m.

4

Un sampedrano de nacimiento dirá que a esas horas hace un casi frío en la ciudad. Junio, por su parte, va sudando a gotas gordas, lo cual contrasta con los movimientos de reptil que ahora ejecuta a través del pantano. El símil exacto en este caso sería el de un cocodrilo, largo y gordo, pesadísimo pero veloz. Veloz cuando va tras su presa.

En este momento experimenta una especie de trance religioso. Piensa en las diferentes acepciones de la palabra "sigilo" en el idioma español, en los distintos y ridículos pedacitos en los que su querida Yugoslavia fue dividida y, a decir verdad, se siente como un soldado, como un defensor de… de algo que realmente ya no importa. Escucha intermitentemente fragmentos de canciones de

Coltrane, quien, por supuesto, tocaba el saxofón en lenguas. Ruidos de Religión y de Guerra. Varios y diferentes Jesucristos clavados en varias y diferentes formas geométricas le vienen a la mente, como también su colección de caras de miedo mientras reproduce simultáneamente su colección de gritos de miedo. Se acuerda —y esto le provoca una risita nerviosa— de Jean-Baptiste Grenouille. Recibe, desde el mismito cielo, imágenes de una villa abandonada, imágenes de un país que se parte a pedazos. Imágenes de cuando aterrizaba en Honduras: aquel montón de monte y bananas verdes, como decía su padre.

Su padre, el trance siempre culminaba con su padre... Esa vez que llegó temprano a casa y lo encontró desnudo con un niño aún más desnudo en su regazo, un niño en una desnudez tal que se le miraba la falta de mierda y de espíritu en el estómago, un niño sin pupilas, nada más que una carcasa a ser botada en el cesto de la basura tras el acto, con un par de rojizos lempiras metidos en el ano... Esa ocasión en la que se quedó paralizado frente a tal imagen, faltaba más, y su padre sin detenerse le advertía con la mirada: sería la tercera advertencia, chico, ten cuidado. Sería el *strike out*, claro, pues no existe tal cosa como una tercera advertencia. Existen dos y estás fuera, existen dos y quien quiera averiguarlo. Yo no, dice Junio, y se ve solo unas semanas después junto al lecho de muerte de aquel viejo mastodonte que le dice: "Hijo, venimos de un país que ya no existe. Honduras es ahora tu nueva casa, debes quedarte cerca, dentro del istmo, la Yugoslavia original, y sembrarme un par de esas preciosas bananas verdes encima de la tumba.

Y muchas otras incoherencias.

5

Con la adrenalina —esa droga salvaje— circulando por todo su cuerpo, Junio toma la pequeña cabeza del niño dormido y la revienta contra el concreto antes de que éste pueda pronunciar palabra alguna. Al ver ese gesto final, en el cual claramente el cerebro envía la señal de alerta, pero el cuerpo falla en reproducirla a tiempo (maldito cuerpo), Junio se queda observando absorto la sangre que sale por los oídos y la boca abierta del ahora finado, como esperando a que termine de salir esa palabra última. Se la imagina resbalando fuera de la boca, letra por letra, y esa palabra sería alma.

Pero no fue.

Después de dedicarle tan elegante elegía al difunto, Junio lo toma de los tobillos con una sola mano y lo arrastra y lo arrastra y lo arrastra hasta la Catedral de San Pedro Apóstol. Una vez ahí, lo carga entre sus brazos como ofreciendo un hijo al sagrado bautizo para luego lanzarlo por el aire, como quien lanza una botella de plástico: el pequeño cadáver queda ensartado en las púas del portón principal, la estrella cardinal de un futuro espectáculo para las masas.

Y justo ahí es cuando la adrenalina finalmente se consume y el individuo vuelve en sí, por así decirlo. Junio da media vuelta para verificar que nadie lo ha seguido y entonces ve toda su trayectoria marcada en sangre. Nunca dejó de sorprenderlo la inmensa cantidad de sangre que contiene un cuerpo humano, por más pequeño y seco que parezca. Querían un Diablo, pues ahí están sus huellas, dice Junio, que acaba de asesinar a su víctima número 24.

Síganlas.

6

Esta vez despierta de manera apacible, tanto así que no repara en el hecho y ni siquiera pone atención a la imagen reflejada en el espejo. Se ducha con agua bien fría y luego se prepara unas tostadas francesas. Hacía años que no "desayunaba". Son las dos de la tarde, silba una tonadita alegre mientras cocina y, al pensar en qué ropa se va a poner, tiene una estupenda idea.

Sonrisa de oreja a oreja, da la impresión de ser un tipo perfectamente feliz, alguien que nunca tuvo problemas.

7

"Pues así está la situación en este país, como le digo, hoy salió en las noticias que anoche mataron a otro niño… Pero, bueno, mejor dígame, ¿de dónde es el señor?", le pregunta el sastre que le ajusta un fino traje de terciopelo azul.

"Yo soy de Yugoslavia", le responde en su eternamente accidentado español.

"Ahh, Yugoslavia, muuuy bien", dice el sastre, como si se acordara de algo importante, lo cual le llama la atención a Junio.

"¿Sabe algo usted de Yugoslavia?".

"Claro, me acuerdo que una vez vi a su selección jugar en un mundial, ya no recuerdo cuál… Equipazo, merecían llegar a la final. Ahora que lo pienso, este traje ¡es del mismito color de la camisola!" "See".

"¿Y qué vino a hacer el señor a Honduras?".

"Vine a cazar jabalíes".

Es muy probable que el viejo sastre no haya entendido bien esta última frase, pues pone cara de extrañeza, pero igual no dice nada. Más bien se concentra en las últimas puntadas.

"¡Oookey, listo! ¿Cómo lo siente?".

Junio da un par de pasos, confirma que el traje le queda realmente bien y emite una señal de aprobación. Cancela la cuenta y sale a la calle para tomar un taxi. Con esas pintas, no tiene que esperar mucho tiempo a que se detenga uno.

El taxista lo despierta al llegar al aeropuerto. El viaje le ha resultado larguísimo y paga la tarifa sin rechistar. Una vez adentro, se dirige al primer *stand* de una aerolínea europea que ve. La señorita le pregunta amablemente su país de destino.

"Quiero un boleto sin retorno al Reino de Yugoslavia", le responde Junio en tono severo.

"Muy bien", responde la señorita, y luego finge hacer algo en la computadora, sin saber bien qué rayos decir.

J. J. BUESO
(Ocotepeque, 1988)

Es profesor universitario, con una maestría en Lengua y Literatura Hispánica. Se ha desempeñado también como periodista, redactor publicitario y "escritor fantasma". Ha publicado cuentos en dos antologías, *Entre el parnaso y la maison* (2011), y *Tierra breve: Antología centroamericana de minificción* (2017). Es miembro fundador de La Hermandad de la Uva. Publicará próximamente un libro de poesía, *Ojos color olvido*, y otro de cuentos, *Adiós, muchachas*. A este último pertenece el relato incluido en esta antología, "Nadie olvida nunca a una chica Almodóvar", que presenta un panorama de las noches en San Pedro Sula (llamada aquí San Violencia), escenario perfecto para la fiesta, el sexo y, por supuesto, el crimen.

NADIE OLVIDA NUNCA
A UNA CHICA ALMODÓVAR

J. J. Bueso

Sombras nada más entre tu vida y mi vida,
sombras nada más entre tu amor y mi amor.
Javier Solís

Suena de fondo *Mengele y el amor* de Klaus & Kinski. La cámara se acerca poco a poco a don Ricardo, quien lee el periódico mientras le lustran los zapatos. Está en el parque central de San Violencia. Calza unos zapatos italianos divi-nos de color zapote, su hijo el ingeniero civil se los trajo del último viaje.

Don Richard es el *sugar daddy* de la Rosaura, a la que conoceremos más adelantito, pero antes la cámara debe enfocarse en algunos de los titulares del ejemplar que sostiene:

–SAQUEOS, DISTURBIOS Y 44 HERIDOS DURANTE PROTESTAS DE AYER

—ASESINAN CON SAÑA A MIEMBRO DE LA COMUNIDAD LGBT

—CELEBRAN DÍA MUNDIAL DEL TEATRO EN EL CCS

—CANCELAN VISITA DE JOAQUÍN SABINA POR CRISIS POLÍTICA

Perfecto, nuestra heroína se llama Dolores y Dolores es una joven actriz de teatro. Ayer, como no pudo asistir al evento del Centro Cultural Sanviolenciano, decidió disfrazarse de uno de sus alter egos y le pidió a su *roommate* que le hiciera una sesión de fotos. Ahora un par de escenas de ella posando sensualmente frente al lente *¡Plash, plash, plash!* ¡Es preciosa! Les cuento que Joaquín opina lo mismo.

Joaquincito es bien guapo, por cierto, anda por el supermercado comprando cervezas y otras provisiones. Mientras hace fila esperando turno en la sección de carnes, revisa Facebook y mira las fotografías. El Joaquincito, como no pierde tiempo, le ha dado *zoom* a una y comienza a mirarla a detalle.

Mi nombre artístico es Roberta Bolano, por cierto, y soy una chica trans. Mis compañeras y yo nos encontramos afuera de la morgue, dijeron que nos entregarían el cadáver esta tarde. A Monserrat la secuestraron, la violaron y la mataron los militares. Fue antenoche, después de las marchas y antes del toque de queda, entre las nueve y las diez. Ella estaba en su esquina y yo vi desde la mía cuando la Hilux se detuvo a su lado. Mi esquina es el centro de una cruz de calles y avenidas.

Monserrat era la chica trans más guapa de toda San Violencia. Le tenían envidia, especialmente por su culo grande y duro y porque era alta y porque el médico que le operó las tetas en Panamá hizo con ellas una obra maestra.

—Estúpidos hijos de puta, malditos, déjenme —escuché que les gritaba—. Los Policías Militares la golpearon y subieron a la paila. Yo empecé a dar vueltas agitando mis manos para que las chicas me vieran, grité más fuerte, pero uno de los PM me apuntó con el rifle y salí corriendo calle abajo; casi me reviento el hocico. Fuimos a la posta y nadie nos paró bola, ni siquiera los papuchos que le habían pasado corriente.

—Me valen verga los culeros -dijo uno de ellos. Aquí no hay detectives para nosotras, no existen detectives para los aberrados. Sólo hay un odio letal pregonado hasta con saña como "justicia divina" cuando nos matan.

Al día siguiente la encontraron desnuda en las cañeras cercanas al Estadio Olímpico. En HCH dijeron que le dispararon por el ano y que le rebanaron las nalgas y las aureolas de los pechos. Tenía la cara deshecha a golpes y tenía el cuerpo cubierto de semen reseco. Para que nos recibieran tuve que dar mi verdadero nombre, Omar Gaitán.

Fui durante varias décadas profesor universitario, por eso tengo mis contactos en Medicina Forense. Sí, era licenciado de día y ocasional chica trans de noche, ahora sólo soy lo segundo. Tengo 59 años y eso de envidiar a mis compañeras no es lo mío. Soy como su madre, la matriarca de las chicas trans de toda San Violencia. Yo las cuido porque a mí casi nunca me salen clientes, y los que me salen, quieren todo gratis. Tengo la cara de Raymond Carver y al parecer el mismo cuerpo fofo que don Richard. Me lo dijo la Rosaura una noche que se bajó bien periqueada de una Ford Lobo.

—Como hombre sos un tipazo, Omar, pero como Roberta Bolano sos la hija de puta más fea, patética y ridícula que he visto en mi vida-. Le solté un vergazo allí nomás y quedó doblada la culerita, pues es bien flaquinilla. Nos dejamos de hablar por varias semanas, pero cuando la subía algún carro le gritaba al conductor:

—¡Chivas! Esa hija de puta tiene SIDA.

Nos reconciliamos una noche que llegó a mi casa llorando, don Richard la había terminado por enésima vez. Al rato ya estábamos platicando como si nada y ella riéndose del fofo cuerpo del viejo al que ama tanto.

En fin, creo que nos hace falta lo del concierto de Sabina, pero vamos a hacer algo. Yo me fumaré un cigarrillo, escucharé un par de boleros enfermos de amor, pensaré en la otredad de la que hablaba Octavio Paz y nos veremos de nuevo dentro de un rato; chao, queridos.

—Ya compré el boleto para España —me dijo Dolores después de hacer el amor. El humo salía de sus labios gruesos a manera de flecha densa y venenosa, perdiéndose a contraluz desde mi lado de la cama. Estuve en el supermercado, miré las latas rojas que decían Estrella con el subtítulo: Barcelona. Creí que ya no me llamaría cuando miré las fotos, pero lo hizo, dijo que se le quebró un tacón durante la sesión. La recogí en el bar Neverland y andaba descalza, dijo sentirse un poco ebria, no platicamos mucho cuando entramos a la habitación. Es la segunda vez que hacemos el amor y no sabe todavía que estoy enamorado de ella. He visto a varios pasar por ese asunto y no le daré el lujo de romperme el corazón, aunque es probable que lo termine haciendo de todos modos. La pasamos bien, ella, experta en crear atmósferas, colocó *Nothing's gonna hurt you baby* de Cigarettes After Sex. Bailó de manera sensual concentrada en ese personaje que sabe interpretar muy bien para mí, el de musa literaria. Cuando se vaya sé que me dolerá mucho, en cada una de sus letras.

—¿Cuándo te vas? —le pregunté, dándole un largo trago a la lata roja.

—En abril, en primavera—. "Espera la primavera, Bandini", pensé.

—Me gustaron tus últimas fotos, son bien… Almodóvar —observé. Seguía desnuda, meneaba sus caderas sentada sobre sus rodillas con la espalda arqueada al ritmo de *Escape* de Rupert Holmes. Terminó de fumar, luego se deslizó hacia mí y nos acurrucamos, mi pene recién eyaculado de pronto volvió a ponerse duro mientras le acariciaba las nalgas.

—¿A qué te referís con eso? —quiso saber.

—En una de las fotos parecés una chica Almodóvar, con ese estilo *kitsch* de pantalones desgastados y maquillaje rojo en los labios —le dije al oído mientras la seguía tocando—. La melena alborotada y esa blusa corta con el traje de baño de red debajo de todo eso, no sé, también porque te vas para Barcelona, para España y todo eso, no sé. Volví a penetrarla, ella lanzó un gemido y giró el cuello para besarme.

—Creí que lo decías por la canción de Sabina, la de "Yo quiero ser una chica Almodóvar" —dijo más tarde mientras abría el refrigerador. Hacía un movimiento lúbrico con sus piernas mientras yo la miraba desde la cama, mi pene amenazaba con levantarse como un boxeador que ama ser noqueado.

—No sé si deba beber más, pero necesito recuperar fluidos —dijo riéndose.

Dolores está aquí conmigo. Ebria pudo llamar a cualquiera, pero me llamó a mí. Como una hermosa Jesucrista llena de tatuajes levantó su cerveza y dijo: Tomad y bebed todo de mí, éste es mi cuerpo, éste mi es mi cáliz. Esto me va a doler… y no sé si lograré hacer algo para evitarlo.

¡Ay! el amortz, el amortz…

Hola de nuevo, queridos, abran la toma por favor, por si les interesa, la rola que suena de fondo se llama *Somos*, en versión de Javier Corcobado. Pues estoy ya aquí en mi puesto y como pueden observar, alcanzo a ver hacia todos los puntos cardinales. Allá está la puta del Norte, la ceibeña, se llama Rihanna y es negra la cabrona. Allá está la puta del Sur, la Rosaura, quien vino a ocupar el lugar de la Monse como la chica más culo de todas. Bien dicen que la muerta al hoyo y la viva al cogollo, un par de semanas después y todo sigue. Nadie ha venido a hacernos preguntas. Como me la tiro de directora de películas imaginarias, a veces imagino que un joven y gallardo detective se acerca a platicar conmigo aquí en la esquina. Me hace algunas preguntas mientras yo aprovecho para sacar un cigarrillo y me lo fumo de la manera más seductora y cinematográfica posible.

—¿Qué quieres saber, corazón?

Mi *outfit* es un blazer rojo, una minifalda negra y unos tacones de plataforma transparentes. Puedo ver mi cara a la luz imposible de una noche negra y luminosa a partes iguales, en fin, cosas que no pasarán. Volviendo a lo de las chicas, bueno, no es importante que las conozcan a todas por el momento.

Pues como les decía, fui profesor. Hubo un tiempo en que, como Joaquincito, deseaba hacer carrera como escritor. Joaquín y Santiago me visitaron el otro día. Los recibo siempre como su antiguo profesor: el académico Omar Gaitán. Ellos saben de mi otra vida, por supuesto, también saben lo que le pasó a la Monse. Por eso me ayudaron a conseguir el arma que ahorita les muestro, véanla. Es un revólver 38 niquelado, espero no tener que dispararlo nunca, dijo Chéjov.

Joaquín y Santiago son muy talentosos, estoy orgulloso de ellos, me gusta pensar que he sido su mentor. Los conocí cuando tenían 18 años. Me identifiqué mucho con su escritura sincera y esa falta de temores al qué dirán.

168

También conocen a la Rosaura, se las presenté la otra noche, en otra de esas ocasiones en que la zorra andaba triste porque don Richard le dio de nuevo una patada en su flaco trasero. La pasamos de maravilla, los chicos no paraban de preguntarle cosas y aquella, que no le gusta ser el centro de atención... Les contaba toda clase de sinvergüenzadas. Al rato los chicos comenzaron a preguntarle si tenía algún cliente famoso, algún político, periodista, pastor. Preguntaban por esos tipos que se la tiran de respetables, pero que se entregan a la noche sanviolenciana con pasión luciferina. Por supuesto que la Rosaura no es pendeja y no les quiso contar nada. Joaquín y Santiago no todo el tiempo andan con buenas intenciones, ya varias veces he identificado a personajes reales en sus relatos, se escudan en la ficción para vengarse de alguna afrenta.

—A ver papaítos, me ha llegado de todo, yo les cuento los pecados, pero no delato a mis pecadores —les dijo. Luego hizo el gesto de cerrarse la boca con un candado y de esconderse la llave en el culo.

Sin embargo, los chicos ya sabían sus cosas. Resulta que don Richard es el virtual suegro de Santiago García, por casualidades de la vida, queridos. Don Richard está casado, tiene cuatro hijos, casi todos mayores y con su vida hecha, la única soltera es su hija Lía, la menor, quien está comprometida con el poeta y escritor Santiago García. Don Richard anda ya por sus sesenta años también, así que lo de *translover* le llegó tarde. Ya les dije que nos parecemos mucho, pero con la diferencia de que el viejo tiene billete y yo lo perdí todo. Les hablaré de eso en otra ocasión.

Persigo a Dolores por todo el festival, ando ebrio y nos hemos peleado. Falta una semana para que se vaya. Le reclamé por dejarme plantado la última vez, en un ataque de celos le dije que entendía que a lo mejor estuviera despidiéndose de alguien más. Dolores detesta los celos. Me dijo que lo mejor era no volver a vernos. Vine a este festival mierda lleno de hippies de mierda porque sabía que podría estar aquí. Mientras pedía mi cuarta o quinta o sexta Port Royal (la única porquería de cerveza que venden hoy), entró junto a Rosaura, quiero decir: junto al sujeto que se viste como Rosaura, su *roommate,* no estoy de humor para ser políticamente correcto. El sujeto, quien como hombre perfectamente podría pasar por su novio, me miró con esa mirada propia de los maricas, pero supongo que él no tiene la culpa de nada, de ser marica ni de andar con Dolores, mejor así. Les he estado invitando a varias rondas de cervezas, pero la última Dolores la rechazó.

Ando con un par de amigos y trato de distraerme. No puedo quitarle los ojos de encima a Dolores, es que anda tan bonita... Sólo quiero un beso suyo, sólo quiero un poquito de su calor, sólo quiero un poco de su atención, me conformo con una mirada, con un roce, con una bocanada de humo de sus labios sedosos. Ojalá pudiera decirme que no se irá, ojalá pudiera decirme que nos vayamos de aquí, que no le interesan estos pintores de cuarta, que no le interesan estos cantantes de quinta, que sólo le intereso yo. Pero me voy para el ala donde los pintores de cuarta exhiben sus obras y me detengo en una que atrae mi atención, se llama *Noches de San Violencia.* Hay un borracho tirado en una calle llena de basura, rodeado de zopilotes, claramente se detecta la influencia de Van Gogh en los trazos; firma la pintura Carlos Hernández. Lo conozco, es un tipo loco como todos los pintores locos de la ciudad, pero es buena onda, vamos, no pinta tan mal.

Pues que en mi borrachera le pido a Dolores que sea mi novia. Rosaura me ve con mirada compasiva, extrañamente masculina, de camarada, de ya parale al *show*, compadre.

Dolores me responde que tienen que irse. Rosaura me detiene y me dice:

—Joaquincito, ella no quiere líos con nadie, por eso me pidió que la acompañara, papi, déjela... es mejor así váyase a descansar, ya anda usted bien borracho.

Estoy desesperado, he fumado demasiada marihuana, malditos hippies... pero ciertamente no me pusieron ninguna arma para que les aceptara los porros. Todo el triste mundillo de artistas de San Violencia anda por aquí. Es lógico, en esta puta ciudad no hay nada más que hacer. Corremos como moscardones ante cualquier novedad por ridícula que sea, aunque signifique encontrarse con gente detestable. Yo mismo pertenezco a uno de los gremios más detestables de todos, el de los escritores y poetas con ínfulas. Al final la gente nos recordará más por alcohólicos que por lo que escribamos. Vamos, al final la gente no nos recordará por nada ¿Quiénes nos creemos? ¿Julio César "Rambo" de León? Todos estamos aquí para salir un poco de esta rutina de sangre, corrupción y desesperanza.

Desperté a las tres de la mañana, cuando ya todo había terminado, me dormí en una silla y tenía el pantalón vomitado. El guardia del lugar me ayudó a pedir un taxi. No sé qué clase de estupideces hice, no sé por qué mis amigos me dejaron botado, pero no quiero averiguarlo todavía. Subo las gradas hacia mi cuarto y me duermo diciéndome que ya comenzó a doler, y que dolerá más.

-En una foto parecés una chica Almodóvar – le dijo Gonzalo antes que partiera a Barcelona y terminara trabajando como estrella porno.

Comenzó a grabar vídeos para Cumloader y poco a poco fue volviéndose famosa y grabando para las grandes productoras. Se puso el nombre artístico de Frida Fuck y al principio cogía con Nacho Vidal, con quien tuvo un romance, hacían tríos con Susy Gala,

171

Apolonia Lapiedra, Amarna Miller y con Katrina Moreno. ¿Cuál chica Almodóvar? Roxana aprovecharía ese cuerpo todavía veinteañero y lo explotaría al máximo. Gonzalo tendría que aceptar que el seudónimo de Frida Fuck le quedaba perfecto, porque le gustaba mucho Frida Kahlo y porque cuando cogían siempre le daba por hablar en inglés. Ahora que lo pensaba, era su manera de desconectarse sentimentalmente. Ahora que lo pensaba, ella jamás lo amó.

Recuerda la noche en la cual hicieron el amor por última vez. Escuchaban música de Joaquín Sabina, no porque les gustara mucho, sino a manera de homenaje, porque el ruco tuvo la intención de visitar una novela negra llamada Honduras. El concierto había sido cancelado por la crisis política que vivía el país; Gonzalo se quedaría sólo cuando Roxana se marchara. Estaban en un pequeño cuarto de la colonia Las Brisas, cerca de un centro de convenciones, desde la ventana podía verse la avenida Junior con sus semáforos y cámaras de vigilancia dañadas por los manifestantes de la última revuelta.

Paisito hijo de puta, pensó enojado Gonzalo. Ella le dijo que se iría pronto, le dijo que ya tenía comprado el boleto. Volvieron a hacer el amor. Lo hicieron con violencia carnal, porque no había futuro para ellos, porque no había futuro para nadie en San Violencia, porque la violencia más santa que la ciudad podía ofrecerles era esa.

Queridos, ya no habrá más juegos cinematográficos con lo que voy a contarles, así, rápidamente. Joaquín estuvo muy deprimido por la partida de Dolores a la madre patria. En efecto, como dicen los periodistas, allá se convirtió en una actriz de cine para adultos y ese muchacho se hundió más en el alcoholismo y las drogas. Me contó que cuando miró la primera escena de sexo anal de Dolores se acordó de Marlon Brando en *El último tango en París*. Se refería a la escena donde Marlon le pide a su amante que se corte las uñas, donde luego ella lo sodomiza. Me dijo que deseó ser sodomizado también, porque sentía que Dolores le había *follado* el corazón. También dijo que nada tenía sentido sin ella, que ya no podía ni escribir. Dijo muchas locuras esa noche.

Yo había olvidado la escena a la que se refería, por lo tanto, me negué con un pudor idiota a lo que supuse había sido una petición suya. Me miró con ojos llenos de furia al decirme que estaba hablando en metáforas. En todo caso la única que pudo haberme hecho eso era Dolores, me escupió, y era evidente que Dolores ya no estaba. Tiró la botella de cerveza de un manotazo y me llamó culero senil, luego se fue de mi casa.

Lo llevamos a una clínica de salud mental semanas después, luego de que se viera enfrascado en una pelea de bar con un tipo que le había dicho no sé qué de Dolores. Pasó la noche en la cárcel y luego internado un par de semanas. Santiago y yo fuimos por él cuando le dieron el alta. Cuando creíamos que se recuperaba, pasó lo peor, Joaquín se quitó la vida, se disparó en el corazón frente a mis ojos y con el revólver que él mismo me había conseguido. Todo ocurrió muy rápido, sin que pudiera siquiera reaccionar. Tuvo mayor fortuna que Van Gogh, su muerte fue inmediata.

Veo tu fotografía de chica Almodóvar y recuerdo la última vez que estuvimos juntos. Traté sin éxito de escribir un cuento al respecto, porque me llené de odio y desesperación. Cuando llegué a la parte donde eras una estrella porno, no pude continuarlo. Eso me pasa por acostumbrarme a lo autobiográfico, por depender tanto de lo que me ocurra. Yo nunca te lo dije, aunque tuve la oportunidad, aunque me lo preguntaste varias veces, nunca te declaré mis sentimientos. Ahora que no estás, San Violencia se ha vuelto para mí lo que siempre ha sido, un infierno. Los últimos dos años sobreviví por vos, viví aquí por vos y resistí todo lo malo que me pasaba por vos. La literatura no era mi salvación, vos eras mi salvación, mi literatura eras vos y ahora que no estás no le encuentro sentido a nada. Estoy cercado por el nihilismo que me ha acompañado siempre, el nihilismo que sólo vos pudiste romper, el que estaba antes de vos y el que ha quedado después de tu partida. San Violencia te destrozó el corazón, lo sé, pero San Violencia nos destroza el corazón a todos.

El recuerdo de nuestra última noche juntos se diluye en mi vaso de ron, se mezcla buscando ser una vez más el antídoto, pero ya no podrá serlo.

Corazones, hemos llegado al final de esta historia, suena de fondo *Sombras* de Javier Solís. Los actualizo, así, rápidamente. El viejo pícaro de don Richard está otra vez en el parque y lee el periódico, usa unas zapatillas de gamuza, las cosas con la Rosaura siguen con el drama de siempre; aunque don Richard ahora está divorciado, ya no hay tiempo para explicar lo que pasó.

–ATAQUE TERRORISTA EN EL CONGRESO: 67 DIPUTADOS MUERTOS

–CARDENAL RODRÍGUEZ: "A LA OPOSICIÓN SÓLO LE INTERESA CREAR CAOS"

–PEDRO ALMODÓVAR SORPRENDE CON SU NUEVA MUSA ¡ES HONDUREÑA!

–SE SUICIDA JOAQUÍN CASTRO, ESCRITOR COSTEÑO

Son las dos de la mañana y me quito los tacones, camino descalzo por el colegio María Auxiliadora, como muchas noches, hoy tampoco ha sido mi noche. Mis niñas ya se fueron también y yo vuelvo a ser Omar por un instante.

Sombras nada más entre tu vida y mi vida... sombras nada más entre tu amor y mi amor.

¡Qué bonita voz tengo! Disculpen, ando nostálgica, ando inspirada, ando depresiva, pienso en Joaquín y en Dolores y, por primera vez en mucho tiempo, pienso en mi propia juventud, en mi propia vida. Ya casi no tengo amigos, mucho menos discípulos, alguna vez los tuve y los perdí. Alguna vez tuve honor, pero fallé, fallé mucho. Fui olvidado por todos aquellos que alguna vez me temieron. Fui olvidado por todos aquellos que alguna vez me amaron y admiraron.

Sombras nada más… acariciando mis manos, sombras nada más...

Pues les cuento que la Hilux me ha estado siguiendo con las luces apagadas y las acaba de encender. En mi mente suena la sirena que no sonará en la realidad. Todo es silencio, sólo escucho los latidos de mi corazón. Me quito la peluca y la tiro junto a la acera, acaricio mi cabeza afeitada con ambas manos. Puedo ver las fotografías de mi cadáver en las portadas de todos los periódicos cuando me encuentren. Sé muy bien que nadie llegará después a hacer preguntas. Aquí no habrá detectives, ni historias ni esperanzas. No me queda más que despedirme de ustedes, queridos. Por cierto, pórtense bien. 😊

MANUEL AYES
(San José, Costa Rica, 1990)

Estudió Letras en la UPNFM y es profesor y consultor.
Formó parte del taller literario de Sergio Ramírez en Mesatepe,
Nicaragua. Ganó el premio "Marta Luz Mejía" de cuento corto
2014 del Grupo Ideas y algunos de sus relatos han aparecido en
varias antologías, como las de poesía y cuento de las editoriales
Letras como Espadas y Diversidad Literaria, de España, el
Cuadernillo de escritores noveles de la Feria del Libro de
Tegucigalpa y la revista del concurso "Rafael Heliodoro Valle"
de la UPNFM. En 2017 publicó su primer libro, *Infortunios*. Su
cuento para esta antología, "Escena de un crimen", presenta a
una pareja de jóvenes que discuten sobre Robert Plant y su
supuesta "mejor voz en la historia del rock" justo antes de que
les sirvan unos nachos en un restaurante céntrico; se escuchan
unos disparos afuera y uno de ellos quiere averiguar lo que ha
sucedido.

ESCENA DE UN CRIMEN
Manuel Ayes

Tere y Luis llegan al Picolino a las cuatro de la tarde, media hora antes del asesinato. El Picolino es un restaurante pequeño en el callejón que da a la Plaza Central, entre la avenida Cristóbal Colón y la Máximo Jerez. Un sitio acogedor de moda, estilo bohemio, en el que se reúnen los jóvenes ociosos a fumar cigarrillos y comer.

—Insisto —dice Tere, golpeando el cigarro en el borde del cenicero—: Robert Plant es la mejor voz de la historia del rock.

—No me parece.

—¿Según vos quién es?

Y justo cuando él se alista para responder, como tomando aire antes de escupir su comentario, se oyen los balazos: una tronancina de mini-Uzi que se revuelve con el reguetón a todo volumen de los buses.

—¿Disparos fueron esos? —dice Tere.

En eso ve por la ventana a la gente, cruzando con premura hacia el callejón. Se asoma para espiar, y, apenas colando la mirada, alcanza a ver un cadáver. Un señor,

179

vestido de traje, entre el asfalto y la acera, rodeado por un grupo de personas.

—Es un señor, Luis. ¿Quién será? ¡Vamos a ver!

—¿Para qué? No lo conocemos.

—No podés saber, no se ve bien desde aquí.

—Ya nos traen los nachos. Mejor quedémonos acá.

Tere no dice nada. Regresa al asiento, pero no deja de esforzarse por mirar lo que sucede afuera. Su curiosidad, su incertidumbre, la mantienen intranquila hasta el punto de generarle un tic en la pierna. Tambalea la mesa en un par de ocasiones. No es que le duela el asesinato de un desconocido, pero ahí nomás, a la vuelta de la calle, la impresiona, sobre todo porque le recuerda que cualquier día, en esta ciudad, podría ser ella o uno de los suyos.

—Vamos, Luis. Vamos, porfa.

—Mirá que ahí viene la comida.

—No quiero ir sola, vamos.

Luis sabe que desde ese momento ella no parará de insistirle, así que termina accediendo a regañadientes.

—Pero rápido, que se enfrían los nachos.

Salen del restaurante, caminando despacio, se acercan y se mantienen a una distancia prudente.

El señor tendría unos cincuenta años. Su cadáver yace sobre un charco de sangre. Alrededor las personas susurran, y alguna lo señala como si estuviera explicando algo o dando una información valiosa a la persona que tiene a la par.

Pronto llega un periodista. Mientras habla frente a la cámara, y el camarógrafo enfoca de vez en cuando el cadáver, una mujer soltando alaridos irrumpe en la escena y se hinca al lado del difunto. El periodista se le acerca:

—¿Es familia del occiso? —dice—. ¿Sabe por qué lo mataron?

La mujer llora, sin prestar atención.

¿Andaba en "malos pasos"? —Insiste. Y después agrega—: Podemos imaginar su dolor. Cuéntenos, ¿a qué se dedicaba el señor?

La mujer sólo dice:

—No sé, no sé… Por favor.

Después llega la Policía, lo cubre con una bolsa negra y traza un perímetro.

Otra mujer, apoyada a un poste de luz, dice que escuchó a otras mujeres diciendo que al señor lo habían matado por un pleito de faldas. Una señora la escucha, y agrega que así acaban ese tipo de hombres. Un joven, ubicado en la entrada de una tienda de zapatos usados, asegura que el hombre andaba en malos pasos, sin dar explicaciones. Una muchacha en uniforme escolar, de unos dieciséis años, de apariencia bastante candorosa, dice que escuchó que fue por no pagar el impuesto de guerra en su negocio. Incluso un señor dice que acaba de escuchar en la cuadra de al lado que un hombre se suicidó. Otra señora dice, tratando de hacer consciencia, que estamos en los últimos días y que deberíamos arrepentirnos a tiempo. Lo repite. Don Raúl, el dueño del mercadito de enfrente, dice que apenas ayer ese hombre vino a comprar a su tienda, que compró un paquete de cigarrillos, y remata con un «Es increíble», como si lo anterior volviera más extraña la muerte.

Luis, a pesar de que no quería estar, se queda ido en el cadáver, agarrado de la mano de Tere, a quien una lágrima le cae por la mejilla.

—¿Y vos por qué llorás?

—Era un ser humano, Luis. Lo imagino como padre, como hijo, como abuelo…

—Puede que fuera una mala persona y más bien nos libramos de él.

—O tal vez era inocente, ¿lo has pensado?

—Aquí todos son culpables hasta que nos demuestren lo contrario, y como ya se murió…

Suena la sirena de la ambulancia, que aparece evadiendo los carros en el tráfico de la hora pico. Alguna gente sigue en la escena del crimen; otros llegan al salir del trabajo. Para ese momento hay un hombre que le dice a su compañero que siempre le ha dado risa la premura de las ambulancias cuando van a traer un muerto, que es como si no lo quisieran hacer esperar para llevarlo a la morgue. El compañero le responde diciéndole que ojalá así de rápido lo atendieran a uno en la fila de un banco o en el hospital.

Luis jala a Tere y le pide que regresen al Picolino. Ella asiente con la cabeza, mientras lo sigue y voltea, disimulando, a ver por última vez el cadáver como si quisiera despedirse de él. Luis le pasa el brazo derecho por la espalda, lo extiende hasta el hombro de ella, y la pega a su cuerpo. Comienza a oscurecer. Caminan como si no supieran para dónde se dirigen. Tere enciende un cigarrillo:

—¿Por qué mejor no nos vamos a la casa? —dice, sin quitar la vista del suelo—. Por cualquier cosa.

—Pero si ya pedimos la comida.

Ya están cerca de entrar al Picolino, cuando un hombre que viene de frente les pregunta:

—Amigo, ¿qué fue lo que le pasó?

Luis lo voltea a ver sin detenerse:

—No sé.

Y sigue caminando.

Cuando entran, ahí están la comida y los refrescos tapados con una servilleta. Tere se sienta, suelta una bocanada y descruza la pierna para apoyar los codos a la mesa. Y, antes de empezar a comer, apaga el cigarrillo en el cenicero.

—Ajá —dice, llevándose un nacho a la boca—, y si no es Robert Plant, ¿quién?

DENNIS ARITA
(La Lima, 1969)

Fue miembro del Grupo Aleph, en cuya revista *Arlequín* aparecieron sus primeros poemas y cuentos en 1990. Otros cuentos suyos se publicaron en los libros *La vida breve* (2006) y *Entre el parnaso y la maison* (2011). Realizó estudios de Letras, que abandonó tempranamente, y se ha dedicado a la edición y corrección de textos en algunos diarios nacionales. Ha publicado los libros *Final de invierno* (2008) y *Música del desierto* (2011), y es coautor, además, de *El visitante y otros cuentos de terror* (2018). Su relato en este volumen es "Si te vi, no me acuerdo", que presenta a un detective privado sampedrano al que llegan a buscar al cine Lux del barrio Medina, que funciona como su despacho habitual, para encargarle averiguar el paradero de una anciana espiritista.

SI TE VI, NO ME ACUERDO
Dennis Arita

Acababan de pasar una genialidad con mi actor favorito en la tanda de la tarde del Lux y yo estaba echando un sueñito, preparándome para la segunda película, con los tenis encaramados en el asiento de enfrente y la bolsa vacía de palomitas en una mano, cuando siento que me tocan el hombro. Tuve que enderezarme en el asiento de madera y torcer el pescuezo para distinguir en lo oscuro la jeta y los sorpresivos anteojos de sol del jodido de atrás.

—¿Qué pedo, compita? —dije, esperando que fuera uno de los maricones del barrio.

—Se le saluda, detective —dijo el jodido. Tenía voz rasposa, como si tuviera que ir arrancándosela con espátula del gañote—. Me dijeron que acá era su oficina y vine a verlo para un asuntito. Me llamo Roberto Guzmán.

—¿Quién le dijo? Perdone que le pregunte.

—No hay problema, señor Antúnez. Me lo recomendaron en el comedor céntrico Los Amigos de Chalito. El dueño fue.

—Ah, ya. ¿Y qué quiere? ¿Que nos vayamos a otro lado a discutir el asuntito?

—Depende. ¿Acá es seguro?

—Pues también depende de a quién no quiera ver usted acá. Por mí, mejor que hablemos en este cine. De todos modos está medio vacío. Y eso que es sábado.

—Ha de ser por lo del bombazo de la mañana en el que mataron a varias familias inocentes y por el ataque de los campesinos comunistas en el bus urbano, detective. Según los medios, hoy también hubo un motín promovido por los cabecillas de un grupo anarcosindicalista encarcelado por vandalismo. Parece que ya han muerto varios reos. La gente mejor se queda encerrada.

—A lo mejor.

Empezó la segunda película —una con Jorge Rivero que francamente no quería perderme— y la luz de la pantalla le dio a Guzmán en los dientes. Estaba sonriendo.

—El león se defiende mejor en su guarida —dijo—. Lo malo es el ruido que no nos va a dejar hablar bien.

—Mejor. Así tampoco nos oyen. Dígame entonces para qué soy bueno.

—Vengo de parte de un grupo de honrados ciudadanos de la tercera edad que se dedican a establecer contacto con las almas de los que ya han partido de este mundo.

—¿Cómo?

No me aguanté las ganas de preguntar. En mi carrera de investigador privado me topaba con toda clase de locos, endemoniados y turuletos, pero todavía no terminaba de acostumbrarme. El problema es que nunca dejaba de agarrar los casos de la gente, por más loca que estuviera. Por necesidad y porque no me aguantaba las ganas de ver en qué terminaba todo. La única regla era que el asunto tuviera que ver con una persona perdida. El negocio iba sobre ruedas. No pasaban dos días sin que algún cristiano se hiciera humo de San Pedro sin dejar huellas. Más bien a veces el pedo era cómo salir de tanto caso amontonado.

—¿Usted dice espiritistas? —pregunté.

—Prefiero no ponerle etiquetas a nadie, si no le molesta.

—Por mí no hay falla. Dele.

—Pero antes de continuar quisiera invitarlo. ¿Quiere tomar algo? ¿Refresco y palomitas, tal vez? No todos los días me codeo con una leyenda urbana.

No soy quien para negarle un gusto a nadie, así que acepté.

—Pero mejor aviénteme un hot dog de los de Lalo. Ahí tiene la carretilla enfrente del cine.

—Encantado.

Al rato regresó con palomitas, Coca-Cola y un hot dog humeante que me hizo ojitos nomás nos presentaron.

—Dele, hombre —hablé como pude mientras me tragaba un bocado enorme—. Por mí no se atrase.

—Como le decía… por cierto, está interesante la película, detective.

Me puse a mover la mano libre y a hacer ruidos con la garganta para darle a entender que estaba de acuerdo con su crítica cinematográfica. No quería dejar de masticar. Me daba miedo que el hot dog desapareciera. Cosas así me pasan a veces y no me gustan para nada. Mejor gato prevenido. Por mientras, no quería desbaratarle la ilusión de que iba a trabajar para él. O para los viejitos. O para quien fuera. Primero comer y luego averiguar.

—La primera está mil veces mejor —mastiqué el último bocadito—. Se la recomiendo. Con Pedro Armendáriz como un detective yuca que anda buscando a un líder de la revolución mexicana. Pero no lo pienso aburrir. Dígame cómo está la cosa.

—Me mandaron acá unos señores muy respetables que tienen un pasatiempo bastante particular.

—Ah, sí, hablar con los muertos —con la lengua me quité de los dedos los restos de mayonesa, me puse la pajilla en la boca y miré de reojo a Guzmán.

—No sé si hablar sea la palabra correcta. Pero eso es lo de menos. El caso, señor Antúnez, es que uno de los miembros del grupo de ancianos desapareció desde hace una semana y no se ha vuelto a saber nada de él.

—¿Ya lo buscaron bien? En una de esas está en la casa de un familiar.

—El desaparecido, o mejor dicho desaparecida, no tiene familia. Por lo menos, no que se sepa. Además, a los miembros del grupo no les interesa estar en contacto con sus familiares.

¿Pero con los muertos sí?, pensé.

—¿No?

—No —la luz de la pantalla le bailó en los anteojos.

—¿Y eso?

—Por decisión del grupo. Lo sé de buena fuente porque soy hijo de uno de los ancianos. No de la que desapareció. De otro. Los miembros viven solos, cada quien en su cuartito, en una cuartería del barrio Cabañas.

—¿En la misma cuartería?

—Así es.

—¿Y se reúnen en la cuartería para hacer contacto con los muertos?

—Ya no. Para eso tienen la casa de un miembro especial del grupo.

—¿Ah, sí? ¿Quién?

—Don Abelardo Montesinos.

—No, hombre. ¿Ese no es el papá del magnate de la comida para gato?

—Sí es.

Me empezaba a picar la curiosidad, y cuando me pica la curiosidad no hay quien me pare. El caso daba como para estar entretenido su semanita. Ahora que lo de hallar al perdido era hueso de otro perro. O de otro gato. Pero el adelantito lo sacaba. Y si se podía, uno que otro hot dog.

—Pues fíjese que me interesa —dije.

—Sensacional, detective. Podemos ir ahora mismo a visitar al grupo. A estas horas están todos en la cuartería.

En lo que íbamos a buscar taxi, porque a Guzmán no le cuadraba andar en bus, y peor después del relajito de la mañana en la ruta Cabañas-Centro, empezó a contarme otros detalles del caso, pero lo interrumpí para dejar claro lo del adelanto y los viáticos cobrados por anticipado. No anduvo de roncero. Sacó la billetera y me puso en la mano los 30 pesos que le pedí. Primera vez que me encontraba a un jodido dispuesto a tirar el billete sin rezongar. Hasta yo me asusté un poco porque era de cajón que la gente saliera con toda clase de cuentos para no soltar la luz: que si la renta, que si la escuela de los cipotes, que si la provisión, que si la letra del tele. Al final eran pocos los que aflojaban un centavo, no digamos adelantos. Metí, medio temblando, el pisto en la billetera de cuero falso de lagarto y le eché una miradita a la camisa y los tenis que andaba ese día. No estaban sucios ni nada, pero no era la mejor ropa para el trabajo. No tuve tiempo de convencer a Guzmán de que fuéramos a la casa de doña Eufrasia a buscar otra mudada porque en eso se paró un taxi y nos subimos. Guzmán ni preguntó cuánto costaba el pasaje. Total, el jodido era como para hacerle una estatua.

Estaba haciendo calorcito, pero en el taxi iba yo tan cómodo que me puse a pensar que había pagado la entrada al cine sin ver la tanda completa. Guzmán me cortó los pensamientos contándome que la desaparecida se llamaba Pacita Rocafuerte, 77 años, hija de inmigrantes, pecosa y tartamuda, pero que al entrar en trance de médium no había quien le parara la lengua. Pacita era la más dotada del grupo de rucos interesados en las experiencias paranormales y por sus habilidades para platicar con el otro mundo se había ido convirtiendo poco a poco en la líder del club, aunque no fuera uno de los primeros miembros. El grupo establecido en 1970 en una posada del barrio Cabañas comenzó nada más con dos profesores jubilados que pasaban haciendo crucigramas y una de tantas noches agarraron un mazo de cartas de tarot creyendo que podían servirles para jugar marqueño. En 1974 se les unieron una empleada de limpieza de calles de la alcaldía, un técnico en reparación de electrodomésticos y una experta en la preparación de baleadas mixtas: la membresía ya era de cinco. En 1975, el número bajó a cuatro porque el técnico pateó la cubeta. Me dieron ganas de preguntarle a Guzmán si alguna vez habían logrado tener contacto con aquel veterano palmado en la línea del deber, pero me aguanté para no malearlo.

En 1977, el alquiler mensual en la posada de Cabañas subió tres lempiras y los dos fundadores tuvieron que mudarse a la cuartería en la que ya llevaban viviendo ocho años. Los meses fueron pasando y las dos ruquitas también se trasladaron por solidaridad a la cuartería. En 1978, la onda parecía destinada a convertirse en un experimento geriátrico de intercambio de parejas cuando se les pegó un microempresario: el dueño de tres chicleras del parque central. Aunque la llegada del nuevo miembro puso medio difíciles los encuentros eróticos entre las dos parejas de viejitos, también mejoró la situación económica del club. En un pulguero compraron muebles usados —sillas plegables y una mesa— para tener las sesiones en el patio de la cuartería. Todo iba viento en popa: el sexo era mejor que nunca, sazonado con una dosis conveniente de misterio de ultratumba, y el microempresario ponía los refrescos, las montucas con mantequilla, el café y las semitas. Algunos de los ancianos esperaban con ansias las sesiones de espiritismo porque era la única ocasión en que comían de verdad. Una noche de 1979, el microempresario llegó con todos sus tiliches a la cuartería y anunció la decisión de unírseles. Era el más campechano del grupo, pero en sus continuos roces con la crema y nata del Parque Central no había encontrado el calor humano y la hermandad desbordante del club espiritista de Cabañas.

Pacita llegó en 1980 y asombró a la sociedad de tranquilos rentistas. Desde su llegada a la cuartería, nadie supo gran papada de ella, nomás que sus viejos eran de algún pijal español. O sea, casi nada. Lo que sí estaba seguro es que no se voseaba con nadie y no se le conocían amantes. No les paró bola a las propuestas licenciosas de uno de los profesores ni a las invitaciones a la feria que le hizo el dueño de las chicleras. A los demás rucos les pareció que Pacita andaba flotando en otra dimensión y algunos de los miembros del club empezaron a murmurar que le patinaba el coco y que lo poco que habían logrado sacarle sobre su pasado era pura paja. Paseaba todos los días al mediodía con un sombrero ancho de fibra natural en la cabeza y un libro en la mano, y le gustaba ponerse, según Guzmán, ropa reveladora. Nunca dijo adónde iba. Nadie le preguntó ni la siguió, más que todo porque los achaques no los dejaban alejarse más de cinco cuadras. Pero era como si Pacita tuviera una energía de otro planeta. A veces hasta pegaba salutos cuando caminaba. No le gustaban los animales. Los primeros meses que pasó en la cuartería no se acercó a las sesiones de espiritismo. Una noche, los del club puyaron al microempresario para que fuera a tocarle y la invitara a la sesión, pero Pacita solo medio abrió la puerta del cuarto a oscuras, vio las sillas y la mesa cargada de refrescos y movió la cabeza con cortesía ofensiva. Pero hasta los locos pierden la paciencia. Por joder o una vaina así, el microempresario siguió yendo a tocar la puerta de Pacita todas las noches de sesión. Una de tantas, ella les sacó un susto: aceptó. Se fue a sentar en la silla que le prepararon, con el sombrerón en la cabeza, el libro y el escote que hizo abanicarse de más a las dos mujeres del club. No pidió explicaciones. En realidad no dijo nada. Solo estuvo sentadota, con las piernas cruzadas y sin importarle que el vestido de tela vaporosa, viejo pero bien cuidado, le dejara las piernas peladas. Los demás vecinos nunca les habían parado balón a las reuniones del grupo de excéntricos ancianitos, pero apenas vieron a Pacita enseñando lo que había sabido cuidar tan bien durante más de siete décadas, sacaron banquitos, cajas de madera y bloques de cemento para apoyar las nalgas y ser testigos del espectáculo. Nadie tenía tele en la cuartería, y los pocos que tenían radio lo apagaron. El grupito de vagos, bolos, mariguaneros, brujeros y altareros que se sentaban todas las noches en troncos recortados para jugar casino guardaron las cartas y esperaron rascándose los huevos.

Los del club no abrieron la buchaca durante un rato que pareció estirarse como un cheque sin fondos, hasta que uno de los profes tuvo la idea genial de preguntarle a Pacita de qué trataba el libro. Ella se lo dio sin decir nada. Estaba escrito en un idioma desconocido. El dueño de las tres chicleras torció la cara de pasa y les enseñó la pasta del libraco a los demás espiritistas. Todos se quedaron viendo. Aquello era la prueba que esperaban. Pacita estaba sobada. Le patinaba el coco. Se le barría la tuerca. Ninguna de las momias se sorprendió. Era lo que esperaban. El microempresario tosió dos veces antes de preguntarle a Pacita cuál era el título de la obra y de qué trataba, porque, lo que era ellos, no tenían ni una pinche idea. La loca les dijo el nombre del autor y del libro, y les explicó que era una teoría matemática escrita en 1800 y tantos por un señorón de a saber dónde. Ahí fue cuando se dieron cuenta de que tartamudeaba. Hasta trató de hacer que entendieran cómo era la mentada teoría y lo hizo tan bien que uno de los profesores dijo sí con la cabeza y una U con la buchaca, pero los demás se quedaron en la luna. Y aunque le entendieran, no le hubieran parado bola por tartaja. Casi todos ya empezaban a despreciarla: la cocinera y la higienista eran las más arrechas. Pero el profesor, que había estado moviendo la cabeza todo el rato, siguió preguntando por lo que decía el libro. Pacita explicó otro poco y ahí se dieron cuenta de otra cosa: que Pacita sabía que les caía en las patas y que eso le valía chancleta. Como si estuviera en una cátedra universitaria, tartamudeó a gusto sobre el detrás y el delante de la dichosa teoría y de ribete se regó con una disertación sobre otras papadas parecidas. El profesor asustó a todos al decir que estaba maravillado. Hasta aplaudió cuando Pacita, sin señal de cansancio, terminó su exposición científica.

Todavía faltaba lo mejor. El profe puso más Copán Dry en el vaso de Pacita y le preguntó cómo era que sabía tanto de matemáticas. Pacita se echó un sorbo de fresco, y dijo, como si nada: "Porque me lo cocontó el autotor del libro". El profe puso cara de pendejo, se sentó y se acabó de un trago la Copán Dry. El destino estaba sellado. Y con membrete de envío express. Pacita estaba supertopada y ni tenían que decírselo unos a otros porque con solo verse ya les quedaba clarito como el agua del río Sauce. En eso, la gastrónoma populachera se pasó de rosca y le pidió a Pacita que le preguntara al autor del libro dónde había dejado las llaves del candado Papaiz con el que aseguraba todas las noches su puesto de baleadas en el mercurio porque no quería pagarle a un brujero para que le cortara la cadena.

"Claclaro", dijo Pacita. "Se le cacayeron a memedia cuadra de acá cucuando estaba guguardando el sobre con fotos de hombres dedesnudos. Está pegadidita a la acecera". Al principio, la cocinera se puso seria, pero al ratito soltó una carcajada y felicitó a Pacita por sus ocurrencias, dignas del mejor Peñaranda. Pacita solo movió los hombros, pero el profe estaba metido en el rollo: se levantó y le dijo al microempresario que se fuera con él a la calle. Los demás no tuvieron que esperar mucho. Al ratito oyeron el ruido de metal y vieron al profe sonriendo con las llaves de la chef en la mano.

Desde esa noche Pacita fue el eje del club. Lo que había empezado como un experimento contra el aburrimiento y terminó en una comunidad de hippies con un pie en la tumba, en un kibutz de lujuria en estado terminal, se convirtió en un verdadero epicentro de experiencias sobrenaturales. Las predicciones y revelaciones de ultratumba empezaron a volverse una vaina de todos los días. Pacita les aclaró a los curiosos que su don era sencillo de explicar. ¿Era políglota o qué? Nanaranjas. Hablaba en español sampedrano y hasta en jerga callejera con muertos de todas las nacionalidades, épocas y clases sociales y ellos le revelaban un chingo de secretos y sucesos futuros, pero a cuentagotas porque estaba prohibido regarse hablando de las ondas que todavía no habían pasado. Eran órdenes estrictas del mero jefe del más allá. ¿Y qué onzas con lo tartaja? Eso no era pedo porque hablaba con la mente, no con la buchaca. Los que al comienzo la rechazaban y se negaban a aceptar su don terminaron por admirarla y derretirse por ella. Desde el principio, Pacita dejó claro que prefería no soltar la lengua y le pidió al profe que le sirviera de acólito y vocero a cambio de revelarle eventualmente los próximos resultados del bolido y los *scores* de los partidos todavía no jugados de la liga burocrática. La ocupación principal del profesor era leer los mensajes de ultratumba de Pacita, que escribía con letra de colegiala y le aclaraba siempre a su fanaticada que los muertos hablan cuando les ronca el ojete y no cuando los vivos se ponen a joderlos para que suelten la lengua. Al parecer, según entendía Pacita, la gente en el otro mundo tiene un resto de cosas que hacer y no le gusta perder el tiempo. De entrada dejó clarito que desde el más allá se revelaban cosas útiles, pero no se daban números de lotería ni cuestiones parecidas. Obviamente era paja porque el profe se sacaba el bolido dos veces al mes, la lotería menor, una que otra, y les atinaba a todos los marcadores del fútbol. En el grupo de espiritistas cundieron la envidia y los malos deseos porque el profesorcito fue el único que sacó dinero de todo aquel rollo. Y eso que él aseguraba que repartía lo ganado a partes iguales entre los seis miembros de la sociedad, pero de qué sirve ser solidario con las fieras. Las otras dos mujeres del club —el grupo cerró la membresía— empezaron a inventarse relatos eróticos protagonizados por el profe y la vidente que rivalizaban con los escritos más volcánicos de Xaviera Hollander.

Las cosas tomaron un rumbo inesperado cuando en escena entró el multimillonario y filántropo Abelardo Montesinos, padre de la mente maestra detrás de Mirrimiau, la marca predilecta de comida para gatos, y accionista mayoritario de la mayor cadena de restaurantes chinos de Centroamérica.

Por ahí iba el cuento cuando el taxi se paró. Esperé que Guzmán saliera y me puse a ver por la ventanilla los dos pisos de madera amarilla y roja de la cuartería. Enfrente, apoyados en el cerco de alambre y limonarios, debajo de un almendro, estaban dos jodidos greñudos y barbones con camisetas amarradas sobre la panza, rascándose el ombligo peludo y fumando. Uno era gordo y el otro era más gordo. Me bajé del taxi para entrar al patio y ya iba haciendo cuentas mentales de lo que podía sacar del caso si no había pedo cuando el gordo se me atravesó.

—¿Entonces, men? —dijo.

El más gordo le echó una miradita a Guzmán.

—¿Adónde vas, Barrabás? —exigió el bato—. ¿Y este men qué pedo? —me señaló.

—Es el experto que nos va a ayudar a localizar a la iluminada —contestó Guzmán.

Vi a Guzmán con cara de qué ondas y a los batos les dediqué una sonrisa cautelosa. El gordo movió la cabeza peluda y me hizo una mueca de desprecio.

—Va pues. Pero me la encontrás, men, ¿oíste? —me puyó el pecho con un dedo hinchado y morado—. Porque esos batos de la Oficina son basura. Solo vinieron a ver qué se afanaban y si te vi, no me acuerdo.

—Cheque, amigo —intervino Guzmán—. Le prometo que este señor va a hacer todo lo posible.

—Va pues. Pero más le vale ponerse chiva.

—No hay pedo, compa —levanté las manos y seguí sonriendo.

Guzmán y yo chocamos de tan rápido que entramos por el portoncito.

—¿La iluminada? —hice un ruidito burlón.

—La gente de acá la respeta —dijo Guzmán—. Yo no me meto en esas cosas.

Me fui detrás de él. Caminamos por un senderito de arbustos raquíticos y agarramos a la derecha, junto a un mango del que colgaba una llanta para columpiarse. Subimos unas graditas y Guzmán aporreó una puerta verde.

—¿Mande? —dijo una mujer entre un relajo de voces.

—Soy Roberto, el hijo de don Alfonso —gritó Guzmán.

Una chaparra colocha con tamañas tetas que ya se le salían de la blusa tipo tubo nos abrió y se me quedó viendo de la cabeza a los tenis. Me dio igual. Ya estaba acostumbrado.

—Pásele, Roberto. Ya ratos lo estamos esperando. Soy Mayra, la hija de don Lisandro.

Cuando me acostumbré a la luz de adentro vi que el cuarto estaba hasta los queques. Viejos revueltos con niños, cuarentones, treintones y adolescentes. Algunos estaban comiendo, otros veían la tele. Todos hablaban. El cuarto estaba mejor amueblado que muchas casas de clase media. Me dieron ganas de salir y asegurarme de que de verdad estaba en una cuartería de Cabañas. Nos metimos entre la gente, pasamos al lado de una mesa con velitas y un dibujo de una mujer blanca de sombrero de alas anchas y nos detuvimos junto a un sofá donde cinco ruquitos —tres varones y dos hembras— estaban sentados, la mirada perdida en el suelo, platitos de bocadillos y pastel en las manos. La panza se me alborotó.

Mayra tocó el hombro de un viejo.

—Don Foncho, ya vino su hijo —dijo ella.

El ruco levantó los ojos. Tenía la mirada perdida.

—Ajá —le crujió la voz, se puso la mano en la oreja para oír mejor—. ¿Qué? ¿Cómo? Ah, Beto. ¿Cómo estás, hijo?

—Bien, papá —Guzmán seguía sin quitarse los anteojos de sol—. Acá traje al detective del que te hablé.

Los otros rucos reaccionaron y me vieron sin demasiado interés.

—¿De verdad? —dijo don Foncho.

Más que espiritista, parecía puro espíritu. La cara y las manos como lija, las canas de la cabeza paradas, cero cachetes y unas tremendas ojerotas tipo Frankenstein.

—Sí, papá —dijo Roberto.

A todo eso, Mayra no paraba de verme, pero la mirada le había cambiado. Ya no tenía cara de perra. Me tiraba ojeaditas con un asomo de sonrisa. La panza me volvió a rezongar. Me prometí acordarme de aprovechar más tarde el *feeling* con Mayra para pedirle un plato de hartazón.

—¿Creés que nos puede ayudar a encontrar a la iluminada? —se puso a croar el ruco.

—No le ponga duda, papá —Guzmán se jaló los mocos y agarró la mano brillosa, tipo pergamino. Fue una escena como para *Ben-Hur*.

Algún malcriado había dejado botados tres platos de pollo, ensalada de papas, arroz con chícharos y pan en una mesa ahí nomasito. Lo único que hice fue suspirar.

—¿Y ese suspiro? ¿Se acordó de alguien?

Tuve que ver para abajo. Mayra se había acercado sin que me diera cuenta. Me puso la mano en el brazo y se mordió el labio inferior. Las uñas de los dedos le medían por lo bajo diez centímetros.

—Sí, de usted —dije.

Parecerá paja, pero tenía bonita sonrisa.

—Mentiroso —se meció de un lado a otro y me tocó con la otra mano.

Si supieras, pensé.

—Detective, tenemos una reunión en el cuarto de doña Lucrecia —Guzmán le sonrió a Mayra—. Esté pendiente. Yo le aviso. Solo denos un rato.

—Okay —dije.

Le pregunté a Mayra dónde quedaba el servicio. Era un cuarto pequeñito, con un botiquín grandote, una duchita al fondo y apenas espacio para sentarse y pegar una cagada incómoda. Traté de mear, pero no pude. Estaba pensando en la chaparra. Para calmarme puse la billetera de falso lagarto encima de la taza del servicio, me quité el tenis derecho, saqué el pisto del adelanto y me lo metí en el calcetín, debajo de la planta del pie. Me puse los tenis. Por fin logré mear. Me lavé las manos y la cara y me peiné viéndome en el espejo del botiquín. Por curiosidad abrí la caja de metal pintado de blanco. Pasta Colgate, cepillos pandos, loción Paramí, una placa de dientes con las encías desteñidas, ungüentos contra las hemorroides y las manchas de la piel, pastillas Contac y Conmel, dos sobres de Vitapyrena, uno de sal de uvas Picot, pastillas Desenfriol, un bote de agua de Florida, la manguera de una bomba de enemas, una cajita de metal dorado con un corazoncito de vidrio rojo pegado en la tapa. Me aseguré de que la puerta estuviera bien cerrada y apreté el botoncito de la caja. La tapa pegó un salto y me vi la nariz en el espejito del fondo. Adentro tenía papeles, dos tarjetitas, una foto cubeta más o menos reciente y otra del año del pedo. Las dos eran de la misma persona. "Es evidente: es la vidente", pensé. En la reciente salía como me la describió Guzmán: el sombrerón de fibra tapando las canas, el vestido medio transparente de escote hondo, la cara pecosa y los ojos zarcos. La foto antigua tenía dos frases escritas detrás. La primera, en tinta reseca y pálida, decía *De viaje por Asturias, 1934.* La segunda me sacó un brinco: *Para mi amor L. Para que veas cómo era de joven, 1984.*

No sabía qué significaba la L de la segunda frase, pero me dejó metido en gran rollo. ¿De verdad lo había escrito la pitonisa de Cabañas? ¿Quién carajo era el tal L? Revisé otra vez el botiquín y no vi nada importante. Iba a poner otra vez la caja donde la había encontrado, pero me puse a pensar que el dueño iba a regresar para esconderla o hacerla humo, y eso no me convenía. Quité la tapa del cagadero, pero lo pensé mejor y decidí no meter la caja en el tanque. Era el primer lugar donde iban a buscar. Vi para arriba. Sí, eso estaba mejor. Tapé el tanque, me paré en la orilla de la taza y le di un golpecito a un panel de cartón comprimido del cielo raso. Se separó de las tablas. Lo empujé un poco más y metí la otra mano. En eso tocaron la puerta. Casi casi me caigo. Me quedé quieto.

—Apúrese, hombre, que ya me hago.

Era la voz de una mujer.

—Okay, solo hágame una esperita.

—Qué esperita. ¡Si ya lleva como una hora metido!

Mejor no contesté. Puse la cajita en la esquina entre dos vigas y cerré el panel de cartón.

—Ahí voy. Es que se ripió esto —dije. Eché miradas por el baño mientras fingía estar ocupado.

—Se ripió… ¡Apúrese, usted! ¿No ve que ando bala en boca?

Bajé la palanca y salí. Una de las dos viejitas que habían estado sentadas en el mueble de la sala me miró con ganas de asesinarme. Mejor dicho me vio a medias porque tenía un ojo completamente blanco. Para acabar de parecerse a la villana de *La maldición de la Llorona* andaba una pañoleta negra que le tapaba el pelo, el cuello y las orejas. Entró y cerró de un portazo.

Más atrasito, Mayra estaba esperándome.

—Qué señora tan seria —dije.

—Es doña Lucrecia —Mayra me agarró la mano y me condujo por un pasillo fabricado con una sábana, ganchos y una cabuya—, una de las aleras de la iluminada.

—¿De verdad? Oigame, ¿no hay acá un lugar donde podamos comer algo y platicar?

—¡En la cocinita! Venga lo llevo.

Empecé a hablar hasta después de volarme la segunda enchilada con carne molida y queso rallado, el tercer plátano relleno y el primer pedazo de pastel de limón. Para no atorarme me tomé de un solo un vasote de horchata. Mayra había colgado de dos clavos un chal para que no nos vieran desde la sala y estaba diciendo no sé qué vainas mientras me restregaba las tetas en la barriga. No sé si lo hacía porque le gustaba yo o porque el lugar era demasiado estrecho y estaba lleno de cajas, platos de comida y botellas de gaseosa. Andaba tanta hambre que no me puse a sacar conclusiones antes de tiempo.

Me pegué con el puño en el pecho para terminar de mandar al estómago un sandwichito de pollo. Mayra seguía hablando y apretándose contra mí. Por poco me desconcentro todito. Por suerte soy un jodido con suficiente autocontrol para manejar las situaciones más peligrosas. Puse las manos en la cintura de Mayra. Se quedó quieta, pero sin parar de hablar. Hice un par de ruidos con la garganta para darle a entender que estaba atento, aunque no tenía la menor idea de lo que estaba diciendo. Me pareció que algún metiche se acercaba y me distraje un par de segundos para ver por encima del chal colgado.

—Toribio quería llevarme con él a Tegus, pero mi papá no quería. Don Lisandro se puso maleado y casi le da un ataque. Pero es por el azúcar en la sangre que pasa así. Hoy me dijo que le trajéramos dulces para los bajones, pero a mí se me olvidaron —dijo.

—¿Y quién es ese?

—¿Mi papá?

—No. Don Lisandro.

—Ah, ya. Son la misma persona. Es que a veces les digo papá y otras Lisandro. Es el señor que estaba en el sofá al lado de don Alfonso.

—¿Es el dueño de las chicleras?

—¿Y usted cómo sabe? —Mayra se mordió el labio.

—Me di cuenta sin querer.

Nada estaba claro a esas alturas porque el caso apenas empezaba, pero ya me estaba imaginando de quién era la L escrita detrás de la foto. Una mano arrancó el chal. No supe si Guzmán estaba viéndome, si veía las tetas de Mayra (me pareció que se lamía los labios, pero a lo mejor solo eran ideas mías) o midiendo el espacio entre ella y yo. Pude haberle ahorrado la chamba. Los anteojos de sol no me dejaban saber para dónde estaba viendo; empezaban a ponerme nervioso.

—Me perdona que interrumpa la plática, detective, pero es hora de la reunión. ¿Lo espero en la sala?

—No. Vamos.

En un descuido agarré otro sándwich y me despedí de Mayra. Traté de no verle el pecho cuando le di la mano. Mientras volatilizaba el sándwich, cruzamos el patio, por donde andaba una fauna de todos los colores: jodidas con pinta de putas, uno que otro motociclista con chamarra y gorrita de cuero, un par de travestis con el maquillaje corrido y el pelo revuelto, mecánicos en overol grasiento y vendedores de elotes, tustacas, tamales, churros, frescos y coco helado. Subimos al segundo piso y pasamos por un corredor, en medio de macetas de helechos. Guzmán tocó una puerta a la que se le estaba cayendo la pintura.

—Pase —dijo un hombre.

Adentro era un relajo que yo no veía desde hacía tiempos. Para más señas, desde la vez que tuve que pasar la noche en la casa de la abuela del Tecolote. Todo estaba en el suelo o pegado al techo con una resina hecha de fluidos corporales y restos de comida. Los cinco viejitos no se habían molestado en quitar las cosas del único sofá. Tres de ellos estaban sentados encima de ellas. Los otros dos estaban de pie. A lo mejor hubieran querido recostarse en la pared, pero la basura no los dejaba acercarse a ella.

—Les presento al detective privado Francisco Antúnez —Guzmán me hizo una seña para que me acercara.

—Señoras. Señores —dije—. Buenas tardes.

Me sentí incómodo cuando se quedaron viéndome los tenis. Me aclaré la garganta para que dejaran de hacerlo y la treta funcionó.

—No sabía que había detectives privados en San Pedro.

El que habló era un anciano cejudo que estaba sentado en medio de las dos señoras. En ese momento no me fijé cómo andaba vestido. Tenía las cejas tan grandes que me descoloqué. Tardé un momento en reconocer que era don Lisandro, el papá de Mayra. Tomé una nota mental: *fíjate más en el cejudo*.

—Ni yo —dijo un gordo chaparro de gafas culo de botella, camisa negra con botoncitos plateados y pantalón también negro con bordados relucientes. Nomás le faltaba el sombrero charro para ser un mariachi de biblioteca.

—¿Qué es un detective privado? —preguntó una viejita huesuda que no dejaba de sacudir la cabeza como si la tuviera colgando de un resorte.

Le di vueltas a una que otra definición porque era la primera vez que un cliente me la pedía, pero Guzmán se metió.

—Señores, por favor, seamos serios. No creo que el detective Antúnez tenga que estar respondiendo preguntitas de ese calibre.

—Pues para eso le pagamos, hijo —Foncho se rascó la barbilla.

—¿No es para que busque a Pacita? —preguntó Guzmán.

Se me acercó.

—No les haga caso —se puso a susurrar—. Ni a mi papá. Si se deja, lo van a querer mangonear.

Moví la cabeza para mostrar que entendía.

—Yo no les doy el pisto a charlatanes —gruñó Lisandro. Empezó a toser y se sacó un pañuelo del bolsillo para taparse la boca.

—¿Qué es un detective? —repitió la anciana huesuda.

—Estimados señores y señoras —traté de ponerme en plan conciliador—, ustedes son los que deciden si quieren que trabaje. Para eso me pagan. Pero si quieren que me vaya, pues me voy. Al fin ya cobré mi adelanto.

—¿Adelanto? —Lisandro sacudió el morro—. ¿Le dimos adelanto a este estafador? Qué tontera. Esta gente solo agarra el pisto y si te vi, no me acuerdo.

—Mire, no le haga caso —Foncho sonrió y señaló con la barbilla a Lisandro—. Los que estamos pagando somos don Pulido, yo y mi hijo. Estos cuñas no quisieron poner ni una ficha. La verdad, ni sé qué hacen acá.

—¿Qué dijo? —preguntó la huesuda.

El charro estudioso se inclinó sobre la cabeza de la vieja.

—Dice que ustedes no pusieron ni una ficha para contratar al detective —dijo el charro.

—¿Ah? —chilló la ruca—. ¿Cuál detective?

—Mire, la cosa está así —Foncho cruzó los brazos—. Mi hijo lo trajo acá porque los que conocemos mejor a Pacita somos nosotros, los únicos que podemos darle alguna información para que luego usted se ponga en movimiento. Mire, yo tengo mis dudas de que esto funcione, pero como usted era el más barato, pues le dimos viento.

Lo que dijo me ofendió un poco y me pareció raro que dijera "el más barato". ¿Entonces andaban otros detectives privados sueltos por San Pedro? Uno siempre creyendo que es el único hasta que se encuentra con sus sorpresitas.

—En fin —siguió Foncho—, la cosa es que desde que Pacita vino acá hace como cuatro años, nunca le conocí familia ni enemigos ni nada. Era una mujer perfectamente normal.

—Cuál normal —volvió a gruñir Lisandro—. Si estaba más topada que mandada hacer.

—Bueno, dentro de las expectativas de normalidad, la iluminada era normal —Foncho movió los dedos en el aire—. Usted me entiende, ¿no?

Me dieron ganas de decirle que no le entendía.

—Mire —continuó Foncho como si diera una clase—: hablar de normalidad es difícil. Pacita tenía sus cosas raras, como todo el mundo. Si nos ponemos en ese plan, nadie es normal. Pero era una mujer con un talento especial y aunque usted sea un modelo de normalidad, cuando tiene las habilidades de Pacita está condenado a que lo vean como un bicho raro. Da igual que para muchos de nosotros sea casi lo que se dice una santa.

—¿Qué dijo? —gritó la huesuda.

—Que acá nadie es normal —contestó el charro.

—Ah. ¿Y para eso ocupaban detective?

—Y que la iluminada era una santa.

—¿Santa? —la vieja arrugó la cara—. No me hagan reír. Y de chemís era subida. Con el cuento ese de que dizque era de no sé qué país y que no sé qué. En todo lo que tengo de vender comida en el mercado no he visto a nadie tan chusma y tan creída.

—Qué santa ni qué ocho cuartos —dijo Lisandro—. Andaba enseñándolo todo. Y le tiraba los perros al pistudo Montesinos, que no se qué le habrá visto a semejante bruja.

—Modere el lenguaje, don Lisandro —pidió Guzmán—. Estamos hablando de una persona a quien a estas alturas puede haberle pasado algo lamentable.

—Dios quiera que no —dijo el charro.

—Pues si de verdad se murió, que le pregunten ahí a su achichincle —Lisandro movió la cabeza en dirección de Foncho— porque de acá era el niño bonito de la santita y a lo mejor le cuenta sus vainas desde el más allá.

—¿Qué es esta falta de respeto? —Foncho se arrechó y señaló a Lisandro—. Mirá, si volvés a abrir la boca para decir estupideces, te me vas saliendo de acá. ¿Oíste?

—Sí, cómo no —tosió Lisandro—. Vení sacame vos, pues.

Guzmán se tuvo que meter en el sendero de guerra de Foncho porque, si no, fijo que le hubiera sonado las tapas al bocón de Lisandro.

—Papá, cálmese, por favor —Guzmán daba saltitos agarrado al corpachón de Foncho—, ¿no ve que se le va a subir la presión?

—Dejalo que se venga, Betillo, que acá tengo chicharrones para esas tortillas —Lisandro se puso de pie y movió los dedos, invitándolo a pelear al más puro estilo Bruce Lee, pero la tos le empeoró y no le quedó de otra que sentarse.

Mantuve cerrada la buchaca porque quería darme el taco de ver cómo se portaba la tropa de ruquitos. Estaba seguro de que Lisandro era el más yuca de todos y casi casi me lo imaginaba cometiendo un crimen. Tenía la pinta y, si no me engañaba el olfato, también los motivos. Lo único que le faltaba era salud, pero para el trabajo sucio solo es de pagar y ya. La L en la foto de Pacita podía significar cualquier cosa; todavía no podía tirar esa pista a la basura. Acaricié la navaja Victorinox en el fondo de la bolsa del pantalón y traté de imaginarme al charro haciendo una barbaridad, pero, por más que lo intentaba, no podía. Chaparro, de anteojos, bigote, gordo y calvo, todo sonrisitas, era como quien dice el prototipo de un profesor retirado. Y no es que los profesores retirados fueran unos querubincitos. Ya me había tocado lidiar con maestritos asesinos y violadores. Son de lo peorcito. A las dos rucas las había descartado casi de entrada, aunque la huesuda estaba haciendo todo lo posible por parecer culpable. A la otra, con esa pinta de haber salido de una película de Santo el Enmascarado de Plata, no le convenía decir ni pío y por lo menos se agarró del guion, como quien dice, manteniendo la boca sellada. Solo daba señales de vida moviendo el ojo y las mandíbulas, masticando a saber qué. Me estaba alistando para hacer mi análisis sobre Foncho cuando un aullido me hizo pedacitos la concentración.

—¡Ayúdenle, carajo! ¡Se está muriendo!

El que se estaba muriendo, o mejor dicho el que acababa de palmar, aunque en ese momento no lo supiéramos, era Lisandro. Le dio un ataque de tos bien perro, pero todo mundo se distrajo con el macaneo de los Guzmán y nadie se había dado cuenta de que el vejete estaba haciendo, por decirlo así, el sprint final por la pista de la eternidad. Quedó tirado bocabajo, con los brazos doblados debajo del pecho, la cara volteada y un hilo de baba saliéndole de la boca.

—¡No se queden ahí con la jeta abierta! ¡Hagan algo, carajo! —gritó la huesuda.

Me agaché para buscar el pulso de Lisandro. Parecía paja, pero ya estaba poniéndose frío. El charro apartó a manotadas las cosas que estaban encima del sofá para que Guzmán y yo pusiéramos ahí el cuerpo. Para ser tan flaco, Lisandro estaba pesadito. La huesuda se acercó al cadáver y fue como si se pusiera a olerlo.

—¿Ya se murió? —preguntó.

—Vos lo has dicho, Colaca —dijo el charro.

—¿A quién llamamos? —Guzmán tuvo que aclararse la garganta para recobrar la voz—. ¿A la Fusep o a los de la ambulancia?

—Mejor a la hija —dije.

Al rato entraron Mayra y una cipotona. Mayra andaba puesto el chal que había colgado de los dos clavos, supongo que para mantener la dignidad en semejante trago. Por la puerta medio abierta se asomaron los metiches, incluyendo al par de gordos que nos habían dado la bienvenida a la cuartería. Mayra se detuvo adelantito de la cipota y se quedó viendo el cuerpo tendido en el sofá. Abrió la boca y puso cara de susto y sorpresa. No sé cuánto estuvo ahí parada, pero mínimo fueron cinco minutos. Al final se agarró la cara con las manos, soltó un chillido que me trepanó los oídos y con las uñas se sacó sangre de los cachetes. Después nos fue viendo a todos, uno por uno.

—¡Basuras! —gritó—. ¡Ustedes lo mataron, basuras!

Después dijo algo que no entendí y se desplomó como un títere al que acaban de soltarle los hilos. El chal salió volando y cayó debajo del sofá donde estaba tirado el muertito. No pude ver bien por el bulto de gente que se formó para levantarla, pero me pareció que la blusa se le había corrido hasta la cintura.

—¡Llamen a la jura, que se palmó uno de los viejos! —gritó alguien afuera.

—¡Y también la tetona! —dijo otro.

—Sirva de algo, hombre —me dijo Foncho—. No sea muela y vaya a buscar un teléfono y llame a alguien. ¡Pero píquele, señor!

—¿No quiere que les ayude a llevarse al muerto a su cuarto?

—Es que éste es su cuarto —aclaró Foncho—. ¡Ya no pierda el tiempo y vuele, hombre!

Me costó pasar en medio de los metiches que estaban estorbando en la entrada del cuarto de Lisandro. Llegando iba al portoncito, ahora libre de batos gordos, cuando siento que me agarran del brazo.

—Espérese, hombre.

Era Lucrecia. Venía jadeando, secándose el sudor con una toallita floreada.

—¿Sí? —dije—. Ando apurado, seño. Me encargaron algo urgente allá arriba.

—Sí, ya sé, amor. Solo es un ratitito.

Lucrecia bajó la cabeza y se pasó la toalla por la cara. Cuando se enderezó, en vez del ojo blanco tenía tamaño agujero negro en la cara. Pegué un brinco y a lo mejor la vi como quien ve una alimaña, pero la vieja no me hizo caso. Limpió, tan campante, la bola de vidrio en la toallita y se la metió en el agujero. Sacó un espejito para verse y se acomodó la pelota hasta que el ojo tuvo una pinta normal. Entonces parpadeó seguido y, con cada parpadeo, la bola se fue moviendo hasta quedar otra vez blanca.

—Ayúdeme, por favor —me puso algo en la mano y me la mantuvo cerrada con la suya. Tenía la parte de encima y los dedos casi completamente blancos de cativí. Entonces entendí lo de la pañoleta, las medias negras y la blusa de mangas largas.

—Usted diga.

—Quiero que me averigüe una cosita. ¿Puede? —puso una cara de súplica que me dio escalofríos—. Es que usted se ve tan serio, amor.

—Pues depende.

—Ay, no sea malo, muñeco —sonrió—. Mire, yo le pago, pero hágame la averiguada. ¿Sí? No sea malo, vaya.

—Ya le dije. Eso depende, seño.

—Si no es nada del otro mundo. Solo quiero que entre al cuarto de Alfonso y me diga si ve algo raro.

—Uh, pues la mera verdad no sé —arrugué la cara y me froté la nuca con la mano.

—Espérese, no me entienda mal —movió las manos y yo aproveché para ver el billete de cincuenta lempiras que me había dado—. No es nada ilegal. Usted solo haga como que tiene que ir a hacer algo allí. Yo qué sé. Ahí mire usted cómo hace para que lo invite a entrar. Invéntese algo. Solo para echar su miradita. Yo sé que sí puede, ¿sí? Vaya, diga que sí, amor. Diga que sí.

Me arriesgué, porque sin riesgo no hay ganancia.

—¿Y por qué no ha contratado a alguno de esos batos? —levanté las cejas para el lado de la cuartería donde un grupito de vagos se carcajeaban y tomaban Nacionales.

—Ay, si pudiera, los contrato. ¿Pero no ve que acá todo mundo pasa sobijando al mentado Foncho? Como supuestamente era la mano derecha de Pacita. Usted ya sabe cómo es eso. Nadie va a querer tenderme una manito. Y yo solita en el mundo.

Iba a meterme el billete en el bolsillo, pero paré a tiempo.

—¿Ah, sí?

—Sí, amor. A lo mejor creen que Foncho tiene una huaca escondida con todo lo que Pacita pasaba adivinando. Que si números de lotería, que si esto, que si lo otro. Pero acá entre nos, todo eso era puritito cuento. Puro circo, mi vida —movió la mano para marcar cada palabra—, para ver si caía un pez gordo, sacarle el pisto y si te vi, no me acuerdo. Se lo digo yo, que estuve metida en el asunto y luego luego me arrepentí.

Era más o menos lo que me había imaginado desde el principio, pero lo interesante está siempre en los pequeños detalles que se le escapan hasta a la imaginación del más lobacho.

—¿Y a quiénes hicieron caer? —pregunté.

Lucrecia se me acercó.

—¿Y usted a quién cree?

Me le quedé viendo un ratito.

—¿A aquel que dijimos?

—¡El meritito! —me dio una palmadita en la barriga y se frotó el pulgar con el índice y el corazón—. Esto es lo que manda, amorcito.

No tenía que decírmelo.

—Pero… —empecé a decir.

—Ya me tengo que ir, mi vida, pero me va a echar una manito, ¿verdad? Por el pago no se preocupe.

—Es que no sé —levanté la mano con el billete de cincuenta, pero Lucrecia me puso la suya encima.

—Deje ahí. Se lo regalo para que le dé su pensadita, ¿estamos?

Se fue dando carreritas por el patio polvoriento y empezó a subir al segundo piso, meciendo las nalgotas en cada grada.

Tuve que caminar diez cuadras hasta dar con un teléfono público y saqué las cuatro fichitas que andaba. Las conté con cuidado, no se me fuera a caer alguna en una alcantarilla. Ya me había pasado. En el camino iba tramando algo, pero no estaba seguro de que fuera tan buena idea. Aunque, la verdad, ni claro lo tenía. Iba a meter la primera monedita en el agujerito cuando se me prendió la lamparita. Son vainas que me pasan así nomás. Ando metido hasta la coronilla en un caso, sin saber qué hacer, inventando cualquier papada para ir haciendo tiempo, cuando de sopetón me cae una idea como si me acabaran de aventar un ladrillo en el morro. Lo mismito me pasó ahí, paradote delante del escarabajo anaranjado del teléfono público, la monedita brillosa en la mano, cuando veía a dos cipotes que jugaban fútbol en la calle con una pelota de plástico. Así, del aire, se me ocurrió hacer lo que hice. No tenía ni pinche idea de dónde estaba la mentada vocera extranormal ni de quién había mandado hacerla humo, suponiendo que eso hubiera pasado. Al ratón, la vieja se había ido a echar pulgas a otro lado porque la estafa ya empezaba a ponerse chueca. Yo tenía un par de sospechas sin fundamento, pero con lo ancho y variado que es el mundo, dos sospechas como que no ajustan para mucho.

Cuando se me iluminaba el coco de ese modo, yo nada más me dejaba llevar como carreta. Y así fue también ese sábado 5 de enero delante de un teléfono público en el barrio Cabañas. Pero como soy derecho, no escondo que la mitad de la idea la saqué de la película que acababa de ver en el Lux. Y la otra mitad también. Ya se me olvidó el nombre de la lica, pero que estaba buena, estaba buenísima. Lo único malo es que no salía ni una vieja en bolas, y eso en el Lux es pecado mortal. Era igual que romper los mandamientos del cine. No matarás. No no sé qué. No pasarás películas sin viejas encueradas. Los únicos que salían eran viejos bigotones y, claro, el mero mero Pedrito Armendáriz, el mejor actor de la historia del cine.

Miré el sol y calculé las cuatro. Tenía tiempo de sobra para hacer una que otra malandrinada antes de irme a echar la hueva donde doña Eufrasia y trazar los planes investigativos del lunes, porque el domingo planeaba agarrármelo libre. Eso suponiendo que, amaneciendo el domingo, no se hubieran limpiado el culo con mi contrato.

Agarré un bus y después otro y me bajé a dos cuadras de la fábrica de Abelardo Montesinos. Anduve un rato como dundo, jalándome el pelo y buscando un teléfono público y cuando ya casi me daba por vencido hallé uno que de dicha funcionaba, pero tenía la bocina cubierta de una cosa pegajosa. Me saqué el pañuelo y lo dejé lo más aseado que pude. Doblé el pañuelo con la parte sucia para adentro y lo guardé.

Estuve un rato dando golpecitos con la monedita en el teléfono. Metí la primera y marqué el número del licenciado Paniagua, el sabio más sabio de San Peter. Crucé los dedos para que no se tardara en contestar y se me acabara el pisto. Por suerte, el lic estaba reparando un radio en la casa y en dos patadas me fue a contestar. Iba a soltarse uno de sus discursitos, pero lo paré en seco y le dije que ocupaba volando el número de la oficina de Abelardo Montesinos. Lo escribí en la tierra con un palito de pilón. Antes de que se me terminara la llamada, le pregunté un par de cosas más. No hubo falla porque el lic conocía todos los pinches detalles. El compa era una verdadera calculadora ambulante. Hasta quedó con ganas de que le preguntara más cosas. Iba a hacerlo, pero la llamada se cortó. Igual, con lo que me dijo ya tenía para armar un relajo.

Lo que se me ocurrió hacer podía meterme en sendo clavote, pero cuando me agarraba la loquera no había quien me detuviera. No me llegaba darles vueltas a algunas cosas. Si algún científico con ganas de perder el tiempo hubiera podido leer la mente de todo el mundo, tipo Kalimán, fijo que se hubiera quedado viendo la mía como si acabara de echarse un paquín de Torombolo, Archie y Gorilón. Lo que menos andaba yo en el morro era orden y lógica, y menos cuando empezaba a agarrarle los manubrios a uno de mis casos. Y eso mero era lo que me estaba pasando en ese pinche momento.

O sea que el análisis, como quien dice, no era mi fuerte. Qué Sherlock Holmes ni qué nada. Para mí, investigar no era cosa de usar el morro ni ponerse a ver revelaciones de la puta madre en unos tacos al carbón a medio comer, dos cigarrillos aplastados en un cenicero, un condón debajo de la cama de un burdel o una vaina así. Esos acertijos estaban buenos para los libros o para vagos ricachones que en su tiempo libre se ponen a pendejear con tubos de ensayo y no sé qué. Todo eso era casaca. Me constaba por experiencia de primera mano que la mayoría de los casos que les caían a los policías se quedaban dando vueltas en el limbo. Nadie los resolvía, entre otras cosas porque nadie podía ni quería resolverlos. Yo vivía en una de esas ciudades en las que uno podía quebrarse a un jodido, agarrar un bus, bajarse a diez cuadras y sentirse seguro de que podía empezar una nueva vida sin problemas. Solo un atravesado bullicioso se dejaba enchutar.

El FBI y la CIA podían darse el taco de revolver archivos y mirar por un cachimbo de microscopios porque les llovía el billete, pero yo era un pinche desnutrido en una ciudad que más parecía combinación de hornilla y letrina. A un detective como su servidor no le quedaba de otra que andar a pata y arriesgarse a que le rompieran la madre por meterse donde no lo llamaban. Mi método investigativo: ser carudo y armar desastres por donde pasara. No digo que me funcionara al cien por ciento, pero trabajando de ese modo había resuelto algunos de los casos más enredados de la historia criminalística local. Si me hubiera dedicado a cometer crímenes en vez de encontrar gente perdida, de seguro hubiera acabado entubado de por vida porque me pasaba de la raya con mi dichoso sistema. Desde mi punto de vista privilegiado, el mundo estaba tan revuelto que solo revolviéndolo más podía sacarse algo en claro.

La otra cuestión era que no se le podía pedir mucho a un muerto de hambre, y yo pasaba con la panza rugiéndome tres días a la semana.

Pero me estoy perdiendo. El pedo es que marqué el dichoso número de la fábrica.

—Inversiones Montesinos e Hijo —contestó una muchacha—. Buenos días. ¿En qué puedo servirle?

—Mire —imité la voz de Foncho—, quiero que me escuche bien, señorita.

—Sí —sentí que la voz le temblaba.

—Soy del comité guerrillero para la libertad, CGL. ¿Me está poniendo atención?

—Sí —a duras penas le salió la vocecilla. Tuve suerte porque sonaba como una chavala inexperta.

—Queremos que le diga a Abelardo Montesinos que pusimos una bomba en el edificio.

—¿En cuál edificio?

—¿Cómo cuál? —rugí—. El edificio donde está usted.

—Ay, no, Jesús padre.

—Déjese de idioteces y pásele el mensaje a ese viejo cabrón de Abelardo Montesinos. Pero ahorititita.

—Don Abelardo no vino. Está enfermo —dijo después de tartamudear por lo bajo cinco veces.

Eso sí me agarró en curva. Metí las patas. Tenía que tomar en cuenta la posibilidad de que el vejete anduviera en otro lado. El teléfono soltó un silbido que casi me dejó sordo. Me lo despegué de la oreja, me le quedé viendo con cara de maje y me lo volví a pegar hasta cuando oí que la voz de un jodido, tirando a falsete, salía del auricular.

—¿Qué quiere? —dijo el jodido—. No estamos para bromitas, ¿me oyó?

Dudé entre colgar o seguir. Antes de darle viaje, eché una mirada para todos lados por si agarraba de sorpresa a algún gorila de la Oficina de Investigación.

—¿Y usted quién es? Soy del brazo armado del GCL. Exijo hablar con Abelardo Montesinos —recordé que antes había dicho la sigla de otro modo, pero a esas alturas del partido ya me valía gorro.

—Soy Abelardo Montesinos hijo. ¿Qué carajos es el GGL? —bajó la voz y le dijo algo a la secretaria.

Lo de la bomba ya no tenía mucha gracia, suponiendo que alguna vez la tuviera. Me rasqué la cabeza y me entró la canillera. ¿Y qué tal si a los de la Oficina ya les habían pasado el dato, habían rastreado la llamada y venían en camino para echarme el guante? No me constaba que tuvieran equipo de esa categoría, pero todo era posible con las remesas de pisto que les caían religiosamente desde el norte cada tanto del mes. Volví a ver para todos lados y no hallé nada raro. Nomás una parejita que caminaba por la acera, un perro que meaba el tronco de un almendro y una bolsa de papel que rodaba por el pavimento.

Colgué ahí nomás, sin darme tiempo para arrepentirme. Me saqué los billetes del tenis, puse diez lempiras en la billetera de falso lagarto y metí el resto de vuelta donde lo encontré. Compré un refresco en una pulpería a cinco cuadras de ahí para cambiar el billete y fui a buscar bus. Me bajé en Medina, a tres cuadras y media de la casa de doña Eufrasia.

Doña Ufa no estaba porque era sábado, día de ir a ver a un dichoso novio que le había salido, capaz que de la tumba. Pero pasaba en el séptimo cielo con el ruco y yo no era quien para llevarle la contraria. Además, así los cipotes y los chismosos del barrio dejaban de inventarse que entre ella y yo había un romance tipo Delia Fiallo. Subí al cuarto, abrí con la otra llave y fui a cambiarme de zapatos. Me puse las chinelas y las escupí para sacarles brillo con un trapo. Me vi en el espejo. Tampoco era Marlon Brando, pero pasaba la prueba. Aparté la cama unipersonal, levanté la tapita bien disimulada del agujerito en el piso de madera y escondí los billetitos. Antes de ponerles encima la tapa y la pata, me les quedé viendo con ojos soñadores. Me dormí un rato para estar fresquecito, por si las moscas.

A las seis y media regresé a la cuartería, donde el funeral de Lisandro iba a mil por hora en el cuarto del segundo piso. El patio y la calle estaban hasta la pata de gente y entrar me costó un huevo. Había casineadas en cada rincón, parejas en el preámbulo de una visita al motel, garrafadas de guaro, ríos de café, semitas y tamales. En el cuarto del muertito habían apagado el foco del techo y solo tenían prendidas las velas. Parecía película de aparecidos. Mayra se había tapado las tetas con un pañolón negro y estaba sentada y jalándose los mocos en primera fila, cerquita del ataúd del vejete. Ahí estaban los otros espiritistas, vestidos para la ocasioncita, las rucas sentadas en sillitas plegables, Foncho dormido contra la pared y Pulido con la sonrisota de siempre, la tacita de café temblándole en una mano y la semita de arroz en la otra. Precisamente fue Pulido el primero que me vio. Levantó las cejas y agrandó la sonrisa. Le dio un mordisco acelerado a la semita y estuvo así de atragantarse. Suerte que llegó Guzmán a darle palmaditas en el lomo porque, si no, capaz que también patea la cubeta ahí mismo. Pulido era el único que andaba vestido igual que dos horas antes. Guzmán se había puesto camisa oscura dos tallas más pequeña y andaba un pañuelo negro enrollado en el pescuezo. Los anteojos no le fallaban. Me hizo una seña mientras le despejaba el gañote a Pulido y señaló la puerta con la barbilla. Bajamos al primer piso y buscamos un rincón entre dos parejas que estaban amontonándose. La cosa no me cuadró mucho, pero ni modo. Guzmán se había echado sus tragos. Me acercó los anteojos a la nariz y me soltó el vaho en la mera ficha.

—¿Y entonces qué averiguó? —dijo.

Usé la frase de hierro.

—Tengo un par de pistas —me quité del hombro la mano de la gorda que estaba besuqueándose con un bigotudo detrás de mí—, pero nada concreto.

—Para mí que fue Lisandro —Guzmán estiró las consonantes.

—¿De verdad? ¿Y eso por qué?

—Porque estaba enculado de la ruca esa —Guzmán ya no hablaba como si anduviera un palo clavado por detrás—. Igual que mi *father*. Pasaban babeando por la mentada Pacita. No le digo, pues.

Yo iba a decir algo, pero Guzmán iba como tren bala.

—Con tantas inditas que se les quemaba el dulce por Lisandro en el parque, venir a fijarse en semejante vejestorio. Qué onda —hipó.

—¿Las mujeres todavía le ponían atención?

—Pegaba con tubo. Aunque no lo crea.

No lo creía, pero no lo dije.

—Si le contara —volvió a hipar.

—Cuénteme, hombre. ¿Qué cree que le hizo Lisandro a la señora Rocafuerte?

—Pues se la echó, ¿y qué otra cosa, pues?

—¿La mató?

—Pos claro —bajó la voz—. Donde ve, acá fijo que andan los que se la echaron, pagados por Lisandro. Va a estar en chino que la encuentre.

No quise preguntarle por qué me había contratado si estaba seguro de que la vieja ya era cadáver. Guzmán se sonó los mocos en un pañuelo y trató de chasquear los dedos para llamar la atención de un cipote que andaba repartiendo café en el patio. Los dedos no le obedecieron. Me dio una palmada en el pecho.

—Ayúdeme, hombre, llámeme a ese pendejito.

Llamé al niño. Guzmán le dio dinero y le dijo que le trajera cervezas, pero volando.

—Esto va pa largo —dijo Guzmán.

—No me terminó de contar. ¿Por qué cree que Lisandro mató a Pacita si estaba enamorado de ella?

—Pos por celos. ¿No ve que Pacita y mi papá eran uña y mugre? Lisandro y mi viejo querían tener su burdel privado, pero solo de ancianitas —se tiró una carcajada burlona. En ese momento me di cuenta de que las dos parejas habían dejado de amontonarse y estaban pendientes de lo que Guzmán decía.

—¿No será mejor que platiquemos en otro lado? —pregunté.

—¿Por qué?

Moví la cabeza para donde estaban las dos parejitas. Guzmán volteó a verlas y levantó los hombros.

—¿Y qué que me oigan estas viejas putas?

—Pues seré puta, pero con vos ni con culo prestado, maricón —dijo una de las gordas, de pelo oxigenado y aretotes.

—¿No me vas a defender, Macaco? —le dijo la otra gorda al bigotudo.

—Ve. ¿Y defenderte por qué? Si es que de verdad sos puta.

—Mejor pintemos llantas, Alejandrina —dijo la oxigenada.

Las dos gordas se largaron y Guzmán soltó una carcajada.

—Se quedaron en ayunas, ¿verdad, par de pendejos?

—Si no cerrás el pico, te saco las tripas —bufó el bigotudo.

—Va a ser doble funeral —dijo el otro jodido.

—Clarito te oí decir que nosotros nos volteamos a la iluminada —dijo el bigotudo—. ¿Verdad, Chicloso?

—A huevos, Macaco. Son acusaciones serias.

—A huevos.

—Si yo no dije nada, hombre —se rio, hipó Guzmán—. ¿Verdad que no dije nada, detective?

En esas estábamos cuando Lucrecia pasó por el patio y me volteó a ver con unos ojos de desprecio que me dejaron sorprendido. Solo me despegó los ojos hasta que salió por el portón de enfrente.

—Yo no oí nada —dije.

—¿Detective? —el Macaco me abarcó con una mirada socarrona—. ¿O sea que este pendejo es detective?

—Más respeto —dijo Guzmán.

—Pues si este es detective, yo soy del otro bando —dijo el Chicloso.

—Disculpe —el Macaco me dio unas palmaditas y se rio—. Ahora sí me consta que es detective.

—Ahora que si quiere hallar al que fregó a la iluminada, para qué seguir buscando —dijo el Chicloso—. Fue la choca que iba saliendo.

—¿Cuál, vos? —preguntó el Macaco.

—La mentada Lucrecia —dijo el Chicloso—, la puta choca que trabaja de barrendera. Qué vieja para caerme en las patas. Ahoritita acaba de pasar esa hija de la chingada. Nos dijo que nos iba a contratar para una chambita, pero solo fue la paja.

—Sí, men —dijo el Macaco—, pero mejor así porque capaz le hacemos el trabajo y luego si te vi, no me acuerdo.

Aproveché que la plática se fue poniendo cada vez más interesante para largarme. Salí por el portón y me fui al ras de un cerco atascado de limonarios. En la esquina pegué un salto cuando el ojo blancuzco de Lucrecia saltó de la nada y se me paró enfrente.

—¿Entonces? —bramó. Me agarró del brazo y me jaló para que nos escondiéramos a la vuelta de la esquina—. ¿Vas a hacer aquello que te dije?

—No he podido, seño. Me han tenido del timbo al tambo.

—No me vengás con paja, pendejito.

Me sentí tarado y me puse a buscar qué decir. Aunque lo que menos me hubiera gustado era tener un romance con Lucrecia, me parecía mejor cuando me decía *amorcito* y no me tuteaba.

—Cálmese, seño.

—Cuál calmarme. Hacé lo que te dije o te jodo —las placas le rechinaron—. ¿Me oíste, pendejito?

—Esas cosas no son legales, seño —dije sin tener claro adónde quería llegar—. Usted a lo mejor se confundió.

—Qué confundirme ni qué santos que orinan. En cuanto te vi me cayó el veinte que eras igual de lana que todos los que andan acá. Tenés clase, eso sí, pero lo picarito se te echa de ver a leguas.

—Yo me rijo por la ley, seño —me tragué una pelota de saliva.

—¿La ley? —resopló—. Cómo no, Chon. Va pues, caete entonces con el pisto —tendió la mano manchada de blanco.

Yo tenía muchos planes, pero devolver dinero no era uno de ellos. Y si por casualidad sí era, entonces estaba al final de una lista kilométrica.

—¿Cuál pisto? —puse cara de imbécil. Era una de las cosas que me salían más fáciles.

—¿No pensás dármelo, pedazo de mierda?

—No perdamos el respeto, seño. Ni tanto ni tan poco.

Iba a decir otra pendejada, pero perdí el habla cuando Lucrecia me agarró la mano de un tirón y se la puso encima de la raja. Me quedé tieso. La ruca me apretó la mano con los muslos y me vio fijamente con el único ojo, sin parpadear ni moverse, con la cara torcida, como si le estuviera pegando un dolor bestial. Vi para todos lados. De dicha, la calle estaba vacía. Di varios jalones, pero la vieja era fuerte y no me soltó. Abrí la buchaca para decir algo, pero me aguanté las ganas. Me hubiera visto más ridículo si hablaba. Tuve que pegarle un empujón a Lucrecia para poder soltarme. La ruca dio un par de pasos para atrás y se cayó de culo encima de un gato. El gato chilló, saltó y se perdió en medio de los arbustos. Me quedé esperando un ratito. Cuando vi que el pecho de Lucrecia seguía subiendo y bajando, me hice humo.

Me detuve al lado del portón de la cuartería para ver cómo se parqueaban dos coronelas y un lanchón, mínimo un Cadillac.

—¡Ahí viene don Abelardo! —gimoteó una vetarra que pasó levantando las manos como si acabara de ver a Julio Iglesias en persona.

Volví a quedarme como un poste. La cosa estaba cada vez más peluda. Me pasé de pendejo tratando de esconderme detrás de un enano que vendía chicles.

De las coronelas se bajaron seis guaruras con sendos anteojos oscuros, guayabera, bigotote, radiocomunicador, pistola y metralleta. Parecía que los habían mandado hacer en serie. Estuvieron choteando a medio mundo con cara de gato que acaba de agarrar por sorpresa a los ratones distraídos y haciendo fiesta. Yo creí que iban a ponerse a cachar a la tropa de criminales, pero fueron vivos: mejor dejaron las papadas de ese tamaño. El picarito que pudo largarse lo hizo al suavetón, sin hacer mucha bulla. Los demás se quedaron con la jeta cosida, viendo con cara de tristeza el Cadillac relumbroso. Al ratito se abrió la puerta del lanchón y salieron dos rucos flacos de traje y un chaparro gordo y blancote que cargaba un maletín rojo. Los viejos y el gordo esperaron mientras los guaruras apartaban gente y se iban desplegando por el patio, tipo película de Hollywood. El último en salir fue el Mono Urquía: un gordo casi negro con cabeza de cono. No era alto, pero parecía que sí era. Iba metido a huevos en un traje estilo Idi Amín en el que de seguro andaba soltando garrafadas de sudor. Hasta los pajaritos se quedaron con el pico apretado. El Mono hizo un cachimbo de señas con las manos y la cara, chasqueó los dedos, señaló para acá y para allá, dio pasitos para atrás y adelante con las botitas lustrosas. Al final señaló el caminito de arbustos y se fue cerrando la fila detrás de los rucos de traje y el gordo chaparro. Tres guaruras se quedaron controlando el área. Me pasó por la cabeza dar vuelta y perderme en ese mismo instante y quedarme encerrado una semana en casa de doña Ufa con mis setenta lempiras. Por si las moscas deslicé la billetera de falso lagarto en un agujerito entre los marpacíficos del cerco. Iba a guardar la navaja, pero me dolía despegarme de ella.

Lucrecia no me dejó tomar una decisión. Pasó volando, me agarró del brazo y me llevó a rastras por el caminito. Los guaruras no nos pararon bola. En la segunda grada logré que la vieja me soltara.

—Venite, jodidito —Lucrecia mordió las palabras.

—No. ¿Para qué? —dije.

—Porque yo digo, pendejo —me arrancó de un tirón la bolsa de la camisa y me dio un macanazo en la cabeza.

Un guarura se acercó.

—¿Algún problema, señora? —dijo.

La vieja enseñó las placas.

—No, solo mi nieto que se me ha puesto rebelde y no quiere ayudarme a trepar estas gradas, mi coronel.

—Señor, por favor —dijo el guarura— circule. Ayude a su abuela a subir.

—Cheque —dije.

En un dos por tres estuvimos metidos entre el bulto de gente. La vieja no se me despegaba. De dicha yo era un poco más alto que casi todos y no me costó mucho ver la movida en el cuarto de Lisandro. Habían prendido el foco del cuarto. No vi señas de Guzmán. El gordo blancote estaba leyendo un papel. Los dos ruquillos de traje estaban sentados en sillas, escuchando la paja del gordis.

—Así, pues, la familia Montesinos —recitó el gordo— presenta sus más profundas condolencias a los deudos de don Lisandro Ramos y les ofrece su apoyo incondicional en estos momentos de amargo dolor.

El gordo guardó el papel en el maletín rojo y se hizo a un lado. Nadie dijo nada durante un buen rato. Solo se oía la moquera de Mayra y uno que otro susurro. El Mono Urquía estaba parado en una esquina y tiraba miradas para todos lados. Al final del rato de silencio incómodo, uno de los rucos se levantó de su silla, dio dos pasos y puso la mano izquierda encima del ataúd. Con un dedo de la derecha se puso a señalar los mosquitos y las polillas que revoloteaban alrededor del foco del techo.

—Con Lisandro hablé poco —dijo con voz rasgada—, pero lo poco que me dijo se me ha quedado grabado acá —se dio golpecitos encima de la oreja—. El año pasado me dijo: "Don Abelardo, en los primeros días del año que viene, prepárese. Va a recibir una amenaza muy fuerte". Y así fue. Hace apenas unas horas, en una llamada que ha sido grabada íntegramente por las autoridades, un grupo de antisociales nos amenazó con un atentado en contra nuestra. Ya se tienen pistas claras sobre los responsables de esa acción cobarde. Por suerte no he ido a trabajar en los últimos diez días, en parte por miedo al recordar lo que este prohombre visionario me había comunicado. Hoy me arrepiento de no haber escuchado con más atención a Lisandro, mi querido amigo, mi compañero de aventuras espirituales. Si no hubiera sido tan necio, no estaríamos lamentando que doce obreros de mi fábrica hayan perecido hoy en un bombazo seguido de un incendio de magnitudes catastróficas provocado por las mismas manos criminales que cometieron hoy sábado otros dos actos terroristas con los cuales han herido en lo más vivo a nuestra sociedad. Ahora reconozco en Lisandro a un auténtico hombre genial, no como otros que anuncian con bombo y platillo virtudes que no poseen ni de lejos. A él debemos rendir honor en esta noche fatídica, no a charlatanes que solo buscan aprovecharse de los incautos.

La cabeza me empezó a dar vueltas como rueda de Chicago. Suponiendo que Montesinos no acababa de tirarse una mentira de a metro, yo estaba metido en un clavo de magnitudes catastróficas, para robarle la frasecita al viejo cabrón. Le pegué unas sacudidas al morro para aclarar las ideas y tiré sendas ojeadas por todos lados para preparar la huida. El lema era hagámonos pedo. Pero para qué mentir: la vaina estaba peluda. Ha de haber sido por la presentación relámpago de Abelardo Montesinos, pero en el patio, la calle y la cuartería ya no cabían los vagos, delincuentes, putas y vecinos. O para hacer más corta la frase, ya no cabían los vecinos. Solo por si las moscas y por si en los siguientes minutos se iba despejando el campo de las acciones, como decían los locutores en la radio, le pegué un tirón a las manos de Lucrecia, que más parecían tenazas de lo prensado que me tenía. Me puse como gato enchinado y hasta creo que solté silbidos y regueros de saliva, pero la vieja necia no me soltó. Me preocupé cuando vi que no andaba la bola de vidrio metida en el hoyote de la cara, estaba con la boca abierta, como esperando que algún alma caritativa la rellenara con un submarino jumbo de jamón con queso, y le había entrado una temblequera bárbara. En eso se oyó un bramido capaz de echarse las persianas.

—¡Vos fuiste el que la mataste! ¡Vos la mataste!

La del bramido había sido Lucrecia. Me agarró tan en curva que por un momento no supe de dónde había salido el pinche grito. Tampoco me dejó que meditara mucho. Semejante cabrona. A saber de dónde sacó fuerzas. Lo único que sé es que me fue jalando del brazo mientras apartaba a la gente con el puro susto que les dio cuando le miraron la cara agujereada. Se hicieron a un lado como el mar delante de Charlton Heston en *Los diez mandamientos*.

Debe haber sido el hambre. No la de Lucrecia: la mía. La vieja estaba tan endemoniada y yo tan para los perros que me levantó como si ella fuera un jugador de fútbol americano y yo una hamburguesa doble con queso. Abelardo Montesinos levantó las cejas y abrió la buchaca, pero tampoco es que fuera un as de la gimnasia. Lo único que hizo fue dar unos cuantos saltitos indecisos. El gordito payulo y el otro viejito de traje estuvieron más chivas y se alejaron lo más que pudieron de la órbita que llevábamos la vieja y yo. No recuerdo cuándo logré soltarme de Lucrecia, pero ya era tarde. Me fui directo adonde el magnate de la comida de gato, que no dejaba de pegar saltos como pichingo, y me lo llevé de encuentro. No dimos tantas vueltas porque el cuartucho era demasiado pequeño, pero ya con eso tuvimos para chimarnos la rabadilla. Acabamos revueltos, en una posición que a los depravados y malpensados les hubiera parecido erótica, en el rincón donde un ratito antes el Mono Urquía estaba tomando sus apuntitos para próximas redadas.

A Lucrecia le fue peor que a mí. Cuando ya no pudo tenerme de muleta, se fue rodando de lado hasta romperle las patas a la mesa donde estaba el ataúd de Lisandro. El mero diablo debe haberle barajado las cartas a la pinche pitonisa porque la cajota no se le desburrungó encima completita: solo alcanzó a prensarle las piernas y la cintura. Tanta suerte tuvo que hasta se quedó dormida de sopetón. Cualquiera se hubiera puesto a bramar con semejante animal encima, pero la ruca no dijo ni pío.

Bueno fuera que ahí se hubiera quedado la cosa, pero yo andaba con la suerte panda. La gente empezó a despejar, por decirlo así. Aunque más correcto sería decir que los guaruras los fueron sacando a todos a pijazo y culatazo limpio. Le partieron la madre al que tardaba en salirse y al que ya se había salido. Se armó la gorda. En el despije general, a un guarura se le descontroló la metralleta y la bullaranga de las balas retumbó en el cuartito del muerto. En medio de la humazón alcancé a ver a Mayra, sin blusa y creo que sin faldas, nadando encima de un mar de cabezas crespas. El hijo de la chingada del Mono se puso a dar órdenes como loco y dos gorilas me cayeron encima. Hasta mucho se habían tardado los cabrones. El cuarto había quedado vacío en un dos por tres. Mientras el Mono ayudaba a Abelardo Montesinos a ponerse de pie, los guaruras, bajo la sabia dirección de su jefe, empezaron a aplicarme una rigurosa verguedada. Después de un par de trancazos en la cara y el estómago y dos rodillazos en los huevos, un extraño ruido los hizo detenerse.

Era el ataúd de Lisandro, que había comenzado a partirse. La rajadura fue subiendo y crujiendo igual que los barcos de antes en las películas. Parecía que el muerto había revivido, convertido en mitad Drácula y mitad Maciste, y quería pelársela a la brava. La rajadura dejó de hacer bulla y se detuvo debajo de la tapa del cajón. Los guaruras esperaron con los puños en alto y yo me sobé las pelotas adoloridas. Nadie habló. Nos relajamos tanto en aquel silencio repentino que, cuando se rompió de repente, todos pegamos un salto de canguro: fue como si el ataúd explotara. Terminó de rajarse de esquina a esquina. El cadáver fue saliendo del cascarón de madera y deslizándose hasta detenerse al lado de un paquete de mota con el que algún chabacán había planeado hacerse la noche.

—Este hombre no era de este mundo —dijo Abelardo Montesinos.

Fue como si el vejete hubiera dado una señal secreta. Apenas terminó su frasecita, los dos guaruras me durmieron a puros puñetazos.

Cuando me desperté, Montesinos estaba ahí, en medio de una neblina que tardó un rato en despejarse. El Mono

Urquía y el ricachón hablaban de alguna onda, pero yo estaba más de allá que de acá y no pude entender bien lo que decían. No tardé en descubrir que solo me sentía bien si dejaba de moverme y respirar. Estar vivo en esas circunstancias era un pedo bien grueso. Otra cosa que descubrí era que estaba esposado a una silla.

La verdad es que no me di cuenta así de rápido. Lo único que supe al principio era que no podía mover los pinches brazos. Entendí mejor el pedo en que estaba cuando el Mono y el vejestorio se hicieron a un ladito y vi a Lucrecia esposada a una silla. Era de cajón que me habían hecho la misma pasada. Sentí la lengua hinchada y los labios hechos mierda. Me imaginé que tenía la cara igual de jodida. Y no solo la cara. Todo el cuerpo. A saber qué me hicieron mientras estuve dormido. Los de la Oficina no andaban con tiquismiquis. Por lo menos todavía estaba vestido. No podía decir lo mismo de la pobre ruca. Sin ropa, era un espectáculo que no le deseo a nadie. No reconocí el cuarto donde estábamos. Intenté echar una miradita alrededor, pero fue como si me clavaran unos alfilerotes ardientes en la nuca y la espalda. El Mono y Abelardo Montesinos estaban alegres. Por las risotadas que soltaban parecía que acababan de ver una de Resortes en la tele. El Mono volteó a verme antes de que pudiera cerrar los ojos y hacerme el pendejo.

—Ve —se rio—, ya se despertó esta mierda.

Se acercó dando taconazos. Me quedó una fracción de segundo para dejar caer el morro hacia atrás. Por la rendija de los párpados pude medio ver lo que hacía aquella pandilla de hijos de puta. Montesinos parecía estar modelando: una mano en la cintura y otra agarrándole la barbilla. Se arregló la corbata y siguió con la mirada al Mono.

—¿Entonces, mierda? —la mugrienta cabeza cónica del Mono estaba a cinco centímetros de la mía; usaba una colonia que olía a meados de perro y jadeaba como si tuviera los pulmones demasiado chiquitos—. ¿Dormiste bien? Bah, ya se volvió a sornear.

—¿Ya se despertó la cipota, chief? —dijo un guarura, el más alto de todos.

—Pues parecía que sí, Maromas —el Mono se enderezó y me señaló—. ¿Me van a decir de una vez quién es esta mierda?

—Es el nieto de esta vieja puta —dijo otro guarura.

El Mono hizo una mueca y se secó el sudor con una toalla que el Maromas le pasó.

—¿Ustedes creen que esta mierda sepa algo? —el Mono puso la toalla en el hombro del Maromas.

—No creo —dijo el otro guarura.

—Vos qué sabés, Ojitos. A mí me parece que sí, chief. Por algo es pariente de la ruca. Y ya vio con qué furia se le tiró encima a don Abelardo.

El ruco bajaba y subía la barbilla con cada cosa que decía el Maromas.

—Existe la posibilidad de que este individuo esté conectado con el atentado en la fábrica —opinó el viejo—. Además, acuérdese de que hoy ha sido un día sumamente agitado: primero la revuelta de los anarquistas en el penal, luego el atentado de los campesinos fundamentalistas en el bus de ruta y después el bombazo en Barandillas. Si me permite decirlo, creo que todo el mundo está bajo sospecha.

El Mono soltó un soplido burlón. Vio a Montesinos y se puso a mover la cabeza como si le costara creer lo que acababa de oír.

—Por suerte no se murió la secretaria que tengo desde hace 50 años —contó el viejo—. Una mujer eficientísima.

La que estaba hoy era un mamarracho, una chica despistada de colegio público.

—¿O sea que, según usted, esta mierda quería acabar lo que empezó en la fábrica, como quien dice?

El ruco puso cara de ignorante.

—Pues a lo mejor. Aunque yo no usaría palabras tan malsonantes.

—Está clarito, chief —insistió el Maromas—. Solo es que me deje un ratito con esta basura para que nos diga hasta de qué se va a morir.

—A lo mejor ya lo sabe —se rio el Ojitos.

El Mono y el ruco hicieron coro de risotadas.

—En fin —dijo el Mono—. La cosa es que no me parece que este pendejo esté relacionado con nada. ¿Saben cómo se llama?

—No. Lo revisamos, pero no andaba documentos. Solo le hallamos esto —el Ojitos le enseñó mi navaja Victorinox.

—Echame esa navaja —ordenó el Mono.

El Ojitos se la dio y el Mono se la guardó en un bolsillito de la camisa marca Idi Amin.

—Usted solo dígame y yo me encargo del paquetito, chief —propuso el Maromas.

—No sé por qué darle tantas vueltas, señor Urquía —el ruco parecía indignado—. Que yo sepa, usted no se distingue por su amor a la humanidad.

El Mono estuvo callado un ratito antes de hablar.

—¿Ah, no? —dijo—. ¿Eso cree usted?

—Bueno… es un decir —dijo el viejo.

—Lástima que la vieja tortillera no aguantara mucho y se quedara tiesa antes de tiempo —dijo el Ojitos—. Ahora, el pendejo ese no tiene quien lo saque del clavo.

—Por favor, señores —pidió Montesinos—. No hablemos así de los muertos. Acuérdense de que pueden estar escuchándonos.

—Bah —resopló el Mono—. Si usted fue el que nos contó que esta vieja y la mentada Pacita eran amantes.

—Bueno, sí —dijo el viejo—, pero esas son cuestiones que ustedes harían bien en mantener en el más estricto secreto.

—Usted ya vio lo que pasó —dijo el Mono—. Solo fue que medio le sacudieran el polvo a esta mierda para que se quedara nocaut.

—Es una mamacita —dijo el mierdoso del Maromas—. Usted solo me dice, chief, y yo me lo compongo.

—Señores —suspiró el viejo cabrón—, si van a hablar de cosas indecentes, les ruego que las reserven para sus pláticas privadas.

—Mire, hagamos algo —dijo el Mono—. Estos y yo nos vamos a llevar a esta mierda a mi casa para continuar el interrogatorio.

—No sé… —Montesinos se sobó la barbilla.

—¿Para qué, chief? —dijo el Maromas—. Acá se lo ablando. Usted solo déjemelo un ratito y ya va a ver.

—Cerrá el pico, Maromas —el Mono esperó un ratito antes de seguir hablando—. Acá no hay condiciones para un interrogatorio en toda regla, don Abelardo. Ya vio lo que le pasó a la bruja lesbiana esa. Dos toquecitos y puf, nos vidrios.

—Tiene usted razón, amigo Urquía —el viejo asintió—. Pero en una de esas, este individuo se nos puede escapar y si te vi, no me acuerdo. Pero, vistas bien las cosas, creo que es la mejor salida.

—Cheque —dijo el Mono—. Usted váyase a su casa tranquilo, que nosotros…

—¿Cómo? —Montesinos movió la cabeza—. ¿Irme a casa? Eso nunca. Este sujeto debe tener revelaciones importantes y no quiero perdérmelas por nada del mundo.

El Mono hizo una mueca que en un jodido normal hubiera parecido una sonrisa.

—Este don Abelardo, siempre tan entusiasta. Por algo le dieron ese premio la vez pasada.

Con esa frase le tocó la tecla. El ruco se puso cachetoncito.

—Un hombre no se mide por sus logros, sino por su actitud ante la vida, amigo Urquía. Y mi actitud siempre ha sido de continuo interés en los asuntos humanos y corporativos. Por eso soy quien soy. Porque toco muchas puertas y estoy en lugares donde la gente normal no quiere estar. Ya ve cómo asistí a este curioso procedimiento policial.

—Hasta nos ayudó, chief.

—No es la primera vez que me involucro tan estrechamente con esta clase de actividades —dijo el ruco sin pararle bola al Maromas.

—Bueno —el Mono se sobó las manos—, ya que estamos tuanis, llegó la happy hour. Nos vamos derechito a mi casa para terminar el trabajito de hoy y luego a platicar con la almohada para estar descansados y mañana ver con calma todo este relajito.

—Perdone la pregunta, señor Urquía —dijo Montesinos—, pero ¿su familia no se… digamos… no…?

—¿Que si no se meten en ondas porque llevo trabajo a casa?

—Sí.

—Mi mujer no vive en la ciudad, don Abelardo —se rio el Mono—. Ni loco la traigo a este nido de pícaros. Okay. Vos, Maromas —chasqueó los dedales—, andá llamate al Carnitas y al Pedro Navajas para que me hagan desaparecer a la ruca. Y vos, Ojitos, traete a dos jodidos para que te ayuden a meter esta mierda en el carro —me dio una palmadita afectuosa en el hombro.

—¿Y qué hacemos con los demás ruquitos y los otros? —dijo el Ojitos.

—De verdad —el Mono arrugó la carátula—. ¿Cuántos son por todos?

—Mínimo veinte. Usted nos dio orden de que agarráramos a los familiares de todos para investigación.

—Por mientras que sigan encerrados. Voy a ponerles vigilancia. Esos han de saber un montón de cosas.

—Es que dicen que quieren ir al servicio, jefe —dijo el Ojitos.

—Que se caguen encima de los muebles—el Mono dio un taconazo en el suelo—. No tengo tiempo para tanta pencada.

—Okay, jefe.

Mientras esperaba que volviera el puto Ojitos, el ruco se puso a fumar en una esquina y el Mono salió. Al rato regresó el Maromas con dos guaruras recios, con pinta de dedicarse a la lucha libre o una vaina así. Le quitaron las esposas a Lucrecia y la dejaron caerse de jeta al suelo. La agarraron de los brazos y las piernas y la enrollaron en una lámina de plástico negro, contaron chistes, cada uno agarró una punta del paquete, lo levantaron y se lo llevaron.

—¿Adónde troceamos a esta puta, chief? —preguntó el Maromas.

—En las cañeras —contestó el Mono.

El Ojitos volvió con mis dos chaperones. Aunque andaba buscando ganarme el Óscar con mi imitación de un pendejo dormido, los guaruras no quedaron convencidos y me recetaron una sarta de vergazos. Lo hicieron nomás por decoro profesional. El sueño se me fue volando. Abrieron las esposas, cada uno me agarró de un brazo y me llevaron arrastrando las chinelas. Se detuvieron junto al portón y me dejaron caer al suelo como saco de camotes.

—No sean pendejos, hombre —rezongó el Mono desde algún lugar en la oscuridad—. ¿No ven que así me va a ensuciar la coronela?

—Ya pusimos plástico en los asientos, jefe —explicó el Ojitos.

—Vaya pues. Por fin te funciona la cabeza —se rio el Mono.

Me acomodaron en medio de Blue Demon y Mil Máscaras. En el camino, los dos hijos de puta me iban pegando con el codo y el hombro para que no les llenara la guayabera de baba y sangre. No sé cuánto anduvimos, pero íbamos a vuelta de rueda. Les valía charra llegar temprano a donde iban. Yo iba fijándome en las aceras y casas, como queriendo aprendérmelas de memoria porque estaba metido en el rollo de que ese iba a ser mi último día en el jodido mundo. Ya había sentido la misma vaina antes y estaba acostumbrado a pensar de esa forma. A saber qué es mejor: que se lo echen a uno de un solo para que no se torture imaginándose cómo se lo van a tostar o que lo vayan matando a plazos, tipo James Bond. A lo mejor, la respuesta obvia es *dedicate a otra vaina, pendejo*.

Al chofer le valían madre los semáforos y de dicha las calles estaban vacías porque, si no, fijo que hubiéramos chocado con algún cristiano. A lo mejor por eso íbamos en fila india: primero la coronela de los otros guaruras abriendo paso, luego el lanchón del viejo milloneta y, de cola, nosotros.

—Ya casi llegamos —dijo el Mono en el asiento de enfrente—. Doblá acá cuando pase ese pendejo.

Estábamos esperando que un camión de basura doblara en la esquina. Era un barrio que yo no conocía. En la acera estaba parado un jodido de tenis y camisa de botones. Creo que era la primera persona a pie que veía en la calle desde que salimos de la cuartería. Me sentí raro, como si el tipo aquel fuera yo. A lo mejor eran ideas estúpidas para jugarle la vuelta al miedo. No alcancé a ver bien la carátula del jodido, pero se me parecía en la pinta, tenis de punta de hule y camisa formalita. Si no hubiera sido por el pantalón de corduroy… Andaba algo cuadrado colgándole de una mano.

—Sí es lenteja este tarado —se quejó el Mono.

El camión se movió por fin. Nos fuimos despacito detrás del lanchón, al lado de una ringlera de solares baldíos, y tuvimos que pararnos otra vez.

—¡A la gran puta! —el Mono dio un puñetazo en el tablero—. ¡Si yo no fuera tan buena gente, ya me lo echo a este pendejo!

El par de luchadores se aguantaron la risa. Volteé a ver por la ventana y me quedé pendejo. El jodido de los tenis y la camisa de botones estaba parado otra vez en la acera, a unos cuatro metros atrás de la coronela. Ahí me di cuenta de que lo que andaba en la mano era un galón de gasolina. Tenía que ser gasolina. Tal vez había salido a comprarla porque tenía el carro botado en alguna parte. O en una de esas era otra cosa. Aquella visión duró solo un par de segundos porque el tipo hizo algo que me asombró todavía más: se dio vuelta, se saltó el cerco del solar baldío que estaba detrás de él y se perdió en medio de la oscurana y el monte crecido. Lo hizo todo en un dos por tres.

—Ya era tiempo —dijo el Mono.

No tuvimos que avanzar mucho porque la casa del Mono estaba pegadita al solar baldío donde se había colado el jodido de los tenis. La otra coronela y el lanchón se parquearon adelantito y el chofer de la coronela donde íbamos estuvo esperando que abrieran. Una mujer nos abrió el portón y nos hizo señas para guiarnos. La casa no era tan grande, pero tenía antena parabólica. El garaje sí era inmenso. Uno de los luchadores me bajó del carro y para no perder la buena costumbre me administró un vergacito en la panza. Blue Demon y Mil Máscaras me agarraron de los brazos y me llevaron suspendido al fondo del garaje. Caminaron un poco, me levantaron encima de un bordillo, atravesaron una cortina de cintas de plástico y se detuvieron. El Mono prendió unas luces y pude ver toda clase de herramientas colgadas de las paredes. El piso de madera estaba lleno de agujeritos. El Mono se sacó mi navaja del bolsillo de la camisa y la tiró en una cajita de plástico negro. Trajo una silla de hierro y la aseguró en el suelo con unas palanquitas. Adentro del garaje, cualquier bullita se agrandaba. Era como si uno anduviera parlantitos pegados a las orejas.

—Qué bárbaro —resonó una voz—, cómo está de organizado el amigo Urquía. Me ha dejado con los ojos cuadrados.

Era Montesinos.

—Para que vea —el Mono resopló y se quitó con la mano hinchada el sudor de la cara—. Pero estas vainas cuestan.

—Pero para eso le sirvió la donación aquella, ¿verdad? —Montesinos se acercó a la silla y la acarició.

—Ayudó, ayudó —aceptó el Mono—. Vaya, Terminator, esposame acá a ese marica.

—Y todo esto —preguntó Montesinos— ¿cuánto le costó, más o menos? ¿Es a prueba de sonido?

El cabrón de Blue Demon me agarró de la nuca y me sentó. El culo se me enfrió. Mil Máscaras me torció los brazos para esposarme a la pinche silla.

—Un ojo de la cara —se lamentó el Mono—, pero valió la pena. Y sí tiene un aislante especial.

—Pero todo es de madera —se quejó el ruco.

—Así estaba ya cuando lo compré —explicó el Mono—.

Me gustan las casas de madera. Yo crecí en un barracón en La Ceiba. Hace menos calor. Lo único malo es que después cuesta sacar el mancherío del piso.

—Pero se corre el riesgo de incendios, amigo Urquía —dijo el viejo.

—¿Sí, verdad? —se rio el Mono—. Se echa de ver que usted sabe bastante de incendios, ¿no, don Abelardo?

Montesinos hizo un gesto de modestia. Alguien apartó la cortina de plástico y se oyó una voz de mujer.

—Ay, mi vida, me has tenido en ascuas toda la noche —la mujer blanca y rubia, con pechos parados y falda cortita que dejaba verle las piernas, se acercó y levantó un zapato puntiagudo cuando se agachó para darle un pico en la boca al Mono—. Con tanto malandrín que anda suelto estos días.

—Comportate, Chela —dijo el Mono—. Tenemos visitas, ¿que no ves?

Chela volteó a ver al vejete, juntó las manos y sonrió.

—Tanto gusto —dijo.

—Abelardo Montesinos Montesinos, para servirle a usted, señora Urquía —el viejo le besó la mano.

—Tan lindo —Chela soltó una risita, dio un giro encantador y se dirigió al Mono—. Qué amigos tan, tan…

—¿Distinguidos? —le ayudó el Mono.

—…distinguidos tenés, mi vida —la mujer suspiró y siguió sonriendo—. Bueno, amor, ya está lista la comida. ¡Y por suerte hay para toditos! ¿Qué te parece?

—Okay, Chela, ya vamos a ir. Danos un rato para trabajar.

La mujer estiró la cara y se puso a hacer berrinchitos.

—¿Qué te pasa? —dijo el Mono.

—Tanto que me maté cocinando y esperando que volvieras y vos solo venís y me hacés el feo —lloriqueó Chela.

—Cálmate, pues, ya vamos a ir a comer —el Mono le dio unas palmaditas en la espalda.

—¡Gracias, mi amor! —Chela volvió a agacharse para abrazar al Mono.

—Ya estuvo —dijo el Mono—. Andá. Andá.

—Y ese señor —Chela me señaló sin dejar de abrazar al Mono— ¿quién es? No me vas a decir que es invitado tuyo.

El Mono me vio, sonrió y me tocó la cabeza.

—Pues fíjate que sí —aceptó—. Es un amigo de mis tiempos de escuela.

Chela dio unas palmadas de gozo.

—Ay, qué bello —cantó—. Voy a preparar otro plato.

—Andá, pues —dijo el Mono.

La mujer se fue.

—Qué esposa se consiguió, amigo Urquía —Montesinos palmoteó el hombro del Mono—. Lo envidio. Ya no se hallan así: trabajadoras, alegres, serviciales y guapas, si me permite decirlo.

—Pues si quiere, cójasela —dijo el Mono.

—¿Disculpe?

—No es mi mujer, hombre —el Mono hizo un ruido despectivo con la bocota—. Ya le dije que mi esposa está en el campo. Esta solo es una puta que recogí hace dos días y que no ha querido irse. Además no quiero que se largue todavía porque ayer se me hicieron humo 675 lempiras y tengo que hablar seriamente con ella de ese asunto. Lo que pasa es que con tanto lío no he tenido tiempo de sentarme a platicar con nadie.

—De todos modos me parece que usted se propasa —dijo el viejo.

—¿Con quién? ¿Con la puta esa?

—No. Conmigo. No puedo seguir permitiendo ese lenguaje.

—Bueno, pues —el Mono se puso conciliador—. Olvidemos eso y vamos a comer, ¿qué le parece? Vengan todos y relajémonos.

—¿Y qué ondas con éste? —el Maromas me puyó con la metralleta.

El Mono hizo una señal despectiva con la mano.

—Ahí dejalo. ¿Para dónde se va a ir?

Me quedé solo en el garaje. Hasta cierto punto hubiera preferido que no se fueran porque por lo menos me distraía con sus pendejadas y no me quedaba solito con mis pensamientos, que de bonito no tenían nada. El pedo era que la tortura se iba alargando. Hasta comencé a pensar que lo hacían adrede, semejantes putos. Para olvidarme de todo, me puse a ver alrededor. Además de las sillas y las herramientas para arreglar carros y destripar cristianos, en la parte del pinche garaje donde me tenían esposado andaban rebotando unos barriles de metal, paquetes de plástico y cartón y un banco de trabajo en una esquina. No quería imaginarme lo que el hijo de puta del Mono guardaba en los barriles. Quise pensar en otra vaina, pero no pude por más que lo intenté. Me obsesioné con los mentados barriles. Traté y traté, pero no pude quitármelos de la mente. Me puse a levantar y bajar los pies para ver si así se me iban de la cabeza. Al principio lo logré, pero terminé cansándome, dejé de moverme y otra vez los desgraciados barriles. Me revolví para tratar de arrancar la silla del piso, pero nada. Estaba bien fija. Me habían puesto un juego de esposas en cada muñeca y la silla, hasta donde podía ver, era sólida. Imposible quebrarla. Les eché una ojeada a las palanquitas con que el Mono la había fijado al suelo. A simple vista no entendí cómo funcionaban. Solo podía alcanzar las palancas de enfrente. Les di patadas, metí la suela de los zapatos entre ellas y el suelo y no conseguí ni mierda. Me insulté, le menté la madre al Mono, a

Montesinos, a los guaruras, al garaje, a la silla, a las esposas. Vi las herramientas colgadas de las paredes. Para qué perder el tiempo: estaban demasiado lejos.

—Sh. ¡Hey!

Me quedé tieso. La voz venía de algún lado detrás de la cortina de plástico.

—¿Qué pedo? —dije.

La cortina se abrió y entró un jodido barbón que andaba tenis y camisa a rayas amarillas y azules. Al principio no entendí. Luego me cayó el veinte. Era el tipo del galón de gasolina. Hasta ahí le pude ver la cara. No tenía nada especial. Era blanco y andaba unas ojeras grandotas.

—Sh. No haga bulla —se puso el dedo en la boca—. Le voy a cortar esas mierdas.

No dije nada. Ni gracias. Estaba desorientado. El jodido se acercó a las paredes y estuvo buscando y regresó con una herramienta en la mano. Se agachó con la herramienta abierta y se puso a tocar las esposas.

—Voy a echarme a todos esos hijos de la gran puta —dijo—. Mejor no me diga cómo se llama ni nada. Así no hay pedo por si me topan.

Oí un clic y levanté la mano derecha. Solo me quedó de recuerdo la argolla en la muñeca.

—Gracias —no supe qué más decir.

—De nada.

Otro clic y levanté la mano izquierda.

—Traía gasolina para prenderles fuego, pero acá hay un arsenal —puso la herramienta en el suelo y se enderezó—. Voy a volar toda esta mierda. Mejor pinte llantas ya si quiere salir vivo.

—¿Y usted con quién está?

—¿Para qué putas quiere saber? Mejor apúrese y diga que le fue bien porque pensaba echármelo también. Así sufría menos. Pero me dio no sé qué. Como si fuera hermano mío o algo —se pasó la mano por la cara barbuda.

—Pero…

—¡Que se vaya a la mierda, le dije!

Ganas de irme no me faltaban. Me paré para salir, pero no pude. Y no fue porque me sintiera débil, aunque sí estaba débil. Estuve esperando no sé cuánto tiempo. No supe qué esperaba. Que me mataran, eso estaba claro. Pero también otra cosa. No hubiera sabido explicarlo. Sí: tal vez era eso. Una explicación. Que aquel tipo me explicara qué hacíamos ahí, por qué, cómo, para qué. Era una estupidez. Cómo iba a explicarme nada. Me hubiera dado igual pedirle que me dijera por qué en San Pedro Sula, por qué el sábado. O el domingo. El Mono, Montesinos y el jodido del galón de gasolina eran los convencidos. Yo no. Yo estaba en medio de todos, buscando algo para llenarme la panza. El pobre tipo parecía dispuesto a destripar al Mono y sus secuaces, pero también se veía triste. No sé por qué, pero me pareció que algo lo estaba carcomiendo. A lo mejor eran imaginaciones mías. Tal vez se moría de ganas de hacerlo y solo esperaba que yo me pelara de una vez para empezar. Sentí la tentación de decirle que se olvidara de eso y nos largáramos, pero por instinto me di cuenta de que hubiera hecho el ridículo si le decía eso.

—Si no se va ahorita, me lo echo también, ¿oyó? —dijo—. Le doy cinco minutos para que mire cómo sale de acá. Si para entonces no ha salido, ya no es pedo mío.

No iba a ponerme a discutir con él. Le deseé suerte, agarré la Victorinox de la caja y me largué. Ya iba a tener tiempo de sobra para arrepentirme. Es lo malo de estar vivo: que siempre hay tiempo de arrepentirse.

COLECCIÓN NARRATIVA

Ficción hereje para lectores castos / Giovanni Rodríguez
Entonces, el fuego / Raúl López Lemus
Las virtudes de Onán / Mario Gallardo
La caída del mundo / Giovanni Rodríguez
Perro adentro / Raúl López Lemus
La fiesta umbría / Eduardo Bähr
Los días y los muertos / Giovanni Rodríguez
Tercera persona / Giovanni Rodríguez
Alguien dibuja una sombra / Raúl López Lemus
Teoría de la noche / Giovanni Rodríguez
Sombras de nadie / Xavier Panchamé
Doce cuentos negros y violentos / VVAA

Made in the USA
Las Vegas, NV
12 October 2021

32202132R00143